우리들 동행길 2

우리들 동행길 2

2024년 11월 18일 초판 1쇄 인쇄 발행

지 은 이 ㅣ 엄참희
펴 낸 이 ㅣ 박종래
펴 낸 곳 ㅣ 도서출판 명성서림

등록번호 ㅣ 301-2014-013
주   소 ㅣ 04625 서울시 중구 필동로 6 (2, 3층)
대표전화 ㅣ 02)2277-2800
팩   스 ㅣ 02)2277-8945
이 메 일 ㅣ msprint8944@naver.com

값 10,000원
ISBN 979-11-94200-37-6

엄창희 생활글

우리들 동행길 2

도서
출판 명성서림

작가의 말

겉 모습이 잘 생기고 화려하여
자기 자랑을 하는 사람을 봅니다.
보이지 않는 곳에서 묵묵히
일하는 사람들이 있습니다.
조용히 직분에 충실하면서
바르고 성실하게 살아가면 좋겠습니다.
신문을 계속 구독해 왔습니다.
살아 가는데 유익한 글 들을 많이 읽게 됩니다.
맑게 빛나는 글을 발견하고 같이 공유하여
살아가는데 조금이라도
도움이 되었으면 합니다.

2024. 11.

엄찬희 올림

2부

건강하게 살자

· · ·

3부

마음으로 보다

...

4부

정신을 바르게

...

5부

행복으로 이끈다

...

1부

감사하며 지내자

눈과 귀가 어두워지는 뜻은

60대 중반에서 80대 초반으로 구성된 전직 공무원 친목 모임에서의 일이다. 인사말을 하던 회장은 중간에 재미있는 말 한마디 하겠다 더니

"늙어 가면 눈이 침침해지고 귀가 어두워지는데 왜 그런 줄 아십니까? 눈이 침침해지는 이유는 우리가 태어나 지금까지 살아오면서 볼 것 못 볼 것 다 보아 왔으니 이젠 못 볼 것은 더 이상 보지 말라는 뜻이고, 귀가 어두워지는 이유는 들을 말 못들을 말 다 들어왔으니 이젠 안 들어도 될 말은 더 이상 듣지 말라는 하늘의 뜻입니다." 라고 했다. 이에 참석자들의 폭소가 터졌다. 생각해보니 회장의 말은 우스개로 한 말이겠으나 나름대로 일리가 있는 그럴싸한 말이었다.

요즘 TV나 신문을 보면 하루가 멀다 하고 거의 매일 섬뜩하고도 참담한 사건사고가 터진다. 사회도 그렇고 정치권도 마찬가지다. 망측하고도 볼썽사나운 광경이 연일 계속된다. 이런 뉴스를 접하다 보면 사람과 사람 사이에도 불신풍조가 생겨 선한 사람조차도 나쁜 사람이 아닌지 착각이 들 정도다. 길거리를 걸어 다니는 사람들의 얼굴표정을 보라. 자기 이외의 모든 사람들은 못 믿겠다는듯 어둡고 누군가를 경계하는 눈초리가 역력하다.

어느 중견 코미디언이 한 말이 생각난다. 각종 범죄뉴스로 말미암아 밤에 잠을 자도 꿈자리가 사납더라며 "밤 9시 뉴스가 없는 세상에서 살고 싶다. 그 대신 저녁시간에는 명랑한 코미디나 즐거운 노래를 부르는 프로로 대체해 온 국민이 편안하게 웃으면서 주무실 수 있도록 해 드리는 게 나의 꿈이다."라고 한 바 있다. 그 뒤 그는 안타깝게도 급성질환으로 세상을 떠났다. 비록 그의 꿈은 이루어지지 않았으나 그의 뜻만큼은 갸륵했다.

어느 스님 한 분도 그랬다. 세상 사람의 이러한 행태가 꼴보기 싫어 아예 전기도 들어오지 않는 강원도 심심산골 오두막집에 들어가 텅 빈 방안에 홀로 앉아 책 몇 권에 촛불 하나 밝혀 놓고 있으니 그렇게 그윽하고 편안할 수가 없더라는 심경을 토로한 산문을 읽은 적이 있다.

외국도 마찬가진 것 같다. 프랑스 시인 장 콕토(1889~1963)의 「내 귀는 소라 껍질」이란 시를 보면 '내 귀는 소라 껍질 바다의 파도 소리를 그리워 한다' 라는 짧은 시가 유명한데 이는 세상의 온갖 시끄러운 잡소리를 거부한 채 오직 자연의 소리만 듣겠다는 뜻이 담겨있다.

그런데 이러한 현실로 불안해진 나의 생각을 사회나 정치권 등 남들의 탓으로만 돌릴 것인가? 진정 나는 이들과는 상관없는 초연한 사람인가? 내 안을 찬찬히 들여다본다. 나는 여태까지 살아오면서 실현 불가능함에도 재물은 남보다 더 많이, 지위는 남보다 더 높게, 명예는 남보다 더 넓게 하려고 몸부림친 적은 없었던가 하는 물음에 '아니오' 라고 자신 있게 말할 수는 없다. 남의 성공에 시기심, 질투심은 물론 미움과 불안 초조로 밤잠까지도 설친 일이 어디 한두 번이었던가!

이렇듯 외부와 내부로부터의 무차별 공격에 대해 평정심을 되찾아야 할 때가 왔다. 그렇지 않고 이대로 가다가는 나도 모르는 사이에 홧병이나 우울증 등 정신건강을 해침은 물론 육신의 건강까지 잃기 딱 알맞다.

이럴 때면 나는 으레 산을 찾는다. 그 많은 등산객으로 인해 몸살을 앓아 짜증을 낼법도 한데 말없는 산은 언제나 변함없이 나를 끌어 안는다.

전북일보. 2015.6.12. 김학철

어머니의 이름으로

　우리가 일상에서 부르는 어머니 호칭은 모친, 엄마, 어미, 맘, 마미 등 다양하고도 많다. 호칭으로서 어머니는 과연 어떤 존재로서의 의미일까? 그리고 어머니의 은혜와 사랑은 무엇인가? 자식을 돌봄에는 주저함이 없으면서도 효도에는 머뭇거리며 정성을 다하지 못한 지난 현실에 부끄러움이 밀려온다. 살아오는 동안 어머니라는 단어는 하루도 머릿속을 떠나본 적이 없었던 것 같다. 이제 쉰을 막 넘은 나이에 '어머니의 사랑'에 대해 키 작은 사랑을 빌어서 용기를 내어 고민해 본다.

　어느 초여름 나는 어머니의 품처럼 부드럽고 위엄 있는 계룡산을 다녀왔다. 출발을 동학사로 하여 북쪽으로 오르기를 1시간여 남짓, 남매 탑 둘이 나란히 시야에 들어왔다. 세파 속에서 수백 년을 마주보며 그들은 다정하게 그 자리에 있다. 몇 번의 탑 도리를 하고, 내리막 모퉁이를 돌자 5칸짜리 작은 암자는 이미 올 줄 알고 기다리는 듯 따뜻하게 마중을 나왔다. 넓적 돌 토방에 걸터앉아 잠시 쉬고 있는데, 어디에선가 은은하게 들려오는 젊은 스님의 목탁 소리는 부모은중경(父母恩重經)을 벗 삼고서 산사를 통째로 휘감았다. 『'어미는 아이를 10달 동안 뱃속에서 사랑으로 키우고, 아이를 낳을 때는 3말 8되의 응혈(凝血)을 흘리며, 8

15

섬 4말의 혈유(血乳)를 먹인다고 한다. 이와 같은 부모의 은덕을 생각하면 자식은 아버지를 왼쪽 어깨에 어머니를 오른쪽 어깨에 업고서 수미산을 백천 번 돌더라도 그 은혜를 다 갚을 수 없다고 한다.』지친 몸을 뒤로하고 힘겹게 올라간 산사에서 처음 맞이한 부모은중경! 어머니의 사랑과 은혜에 절로 고개를 숙인다.

서정 시인이자 소설가 정호승은 '내 인생에 힘이 되어준 한마디'에서 어머니의 존재는 '해님과 같다'라고 하였다. 깜깜한 어둠 속에서도 해님은 어머니처럼 항상 그 자리에 있다. 모나리자의 미소 속에 숨겨진 신비처럼 어머니의 사랑 속에는 참 희생이 있다.

또한, 어머니는 대해의 등대이며, 밤하늘의 북극성과 같은 존재다. 부모와 자식의 사랑은 콜로세움 같은 원형경기장을 달리는 사랑이라고도 한다. 부모가 자식을 쫓아가면 자식은 부모한테서 멀어져 가지만, 탑처럼 제자리를 지키고 있으면 떠났던 자식은 반드시 부모가 있는 자리로 돌아온다.

우리는 어머니로부터 생명을 얻고, 어머니의 미소와 사랑, 희생과 겸손을 배운다.

근대 이후 어머니는 모성애를 가진 숭고하고 신성한 존재로 정의되어 지기도 하였지만. 어머니 역할과 모성애적 행태가 일방적으로 강요됐다는 점에서는 일정부분 비난의 대상이 되기도 하였다. 페미니스트들은 일방적인 어머니의 존재에 대한 의문을 제기한다. 그리고 일각에서는 탈

모성애를 지향하며 여성의 자유 연애론을 옹호한다. 근대 초기 서양화가 나혜석은 여성과 어머니의 양형적 의무감에 의문을 던지기도 했었다. 어찌 되었든 어머니는 새로운 생명을 탄생시킨다는 점에서 모든 사물에 대한 시원을 상징한다. 오랜 세월동안 정의 되어지는 어머니의 숭고한 모습은 부드러우면서도 강하고, 엄하면서도 끝없이 자애로우며, 하해와 같은 은혜로운 분이시다. 이러한 연유로 교회에서는 어머니의 사랑을 '절대자의 사랑'으로도 표현하고 있다.

최근 대가족에서 1~2인의 핵가족으로 분열되는 현대사회는 여성들에게 개방적 활동의 자유가 주어짐과 동시에 어머니로서의 임무도 감당해야 하는 무거운 짐마저 지고 있다. 여성들이 두 가지의 임무를 함께 진다는 것은 힘이 드는 일이지만, 스스로 그 길을 택함으로써 보다 더 큰 삶의 의미와 변화를 찾고자 하는 것이다. 최근 안골의 어머니는 매일같이 자식들을 위한 사랑의 기도를 하는 것이 일과가 되신 것 같다. 내 아내 역시 마찬가지다. 매일저녁 아이들을 위한 사랑의 기도를 한다. 아마 먼 훗날에도 내 딸들 또한 어머니와 내 아내가 해왔던 것처럼 그렇게 할 것이다. 우리는 숭고함 속에서 위대한 어머니의 사랑을 간직하고 산다는 것이 아주 큰 행복이다.

깊고 깊은 어머니의 사랑은 마를 줄 모른다.

가정과 자식을 위해서는 기꺼이 자신을 희생하셨고, 자식들을 성장시키기 위해 쏟으신 정열은 한 여름의 태양보다도 훨씬 더 뜨거우셨다. 가정과 자식을 위해 묵묵히 일생을 바치시는 어머니의 모습은 마치 성직자와도 같다. 그러기에 우리의 어머니의 모습에서는 절대적 존재자로서의 숭고한 아름다움마저 느껴지는 것이다.

어머니는 언제나 따뜻하고 든든한 영원한 백이다. 그러기에 자식들은 가장 힘들고 어렵고 절망적일 때 어머니를 부르고 찾아가서 품에 안기기를 갈망한다. '어머니 제가 왔습니다.' 힘들고 지친 자식이 돌아왔을 때 어머니는 항상 맨발로 나오신다. 그리고 말씀 없이 마음으로 안아주신다. 우리는 통상 웨런 버핏이나 조지 소로스처럼 돈이 많은 자산가를 부자라고 한다. 또는 사회적 관계(social capital)가 좋은 사람들을 부자라고도 한다. 불가에서는 '부모님이 살아계시는 자'가 진정 부자라고 하고 있다. 이제라도 희생과 봉사 자애로 평생을 살아오신 어머니께 용기를 내어보자. 투박한 기계음이 서너 번 울리고 나면 반가운 목소리가 들릴 것이다. '아들, 오랜 만이야' 어머니와 대화하자. 그리고 '어머니 사랑합니다.'라고 말해보자.

전북도민일보, 2015.07.06. 백승기 건축사

죽을 때 타인 눈으로 내 삶 돌아보게 돼… 죄 많았다면 그게 지옥

2008년 코마 상태에 빠졌다 깨어나
"꽃·나비 있는 곳서 신의 사랑 경험"
「나는 천국을 보았다」책 펴내 화제

의사 그만두고 영적인 삶 관련 글
"전 세계 사람들 끊임없이 임사체험
영혼이 영원하다는 사실 확인해줘"

뇌과학자들 "믿기 어렵다" 비판 많아
"타인에게 믿음 바꾸라고 강요 안해
내 영적 경험과 선택 공유하려는 것"

2008년 11월 10일 새벽, 미국 버지니아주 린치버그에 살던 이븐 알렉산더(63·당시 나이 55세) 박사는 등에 통증을 느껴 잠에서 깼다. 힘겹게 몸을 일으켜 욕실에서 뜨거운 물에 몸을 담가봤지만 소용이 없었다. 아침 무렵엔 경련까지 일으켜 응급실로 실려갔다. 이후 7일간 그는 뇌의 기능이 정지된 코마(coma) 상태에 빠져 있었다. 의료진들은 그가 성인에겐 매우 드물게 나타나는 박테리아성(

대장균) 뇌막염에 걸렸으며 회복 가능성은 미미하다고 판단했다.

하지만 이 사이 그의 영혼은 다른 곳에 있었다. "진흙으로 가득 찬 느낌의 암흑 상태에 한동안 머물다 금빛·은빛 빛줄기를 퍼뜨리며 천상의 음악을 연주하는 둥근 물체의 틈을 통과해 빛의 세계로 들어갔다." 싱그러운 녹음과 폭포, 꽃과 나비와 음악이 있는 그곳에서 그는 "말로 표현할 수 없는 충만함과 신의 조건 없는 사랑을 존재 전체로 경험했다"고 말한다.

임사체험 뇌과학자 이븐 알렉산더 박사는 "존재의 근원적 본질을 깊이 이해하기 위해서는 과학과 종교 두 가지를 통합해 연구해야 한다"고 말했다.

알렉산더는 뇌과학자이자 신경외과 전문의였다. 미국 듀크대에서 의학박사 학위를 받고 하버드·버지니아대 등에서 교수와 의사로 근무했다. "인간의 의식은 뇌의 작용에서 비롯된다"고 믿었으며 영적 체험이나 신비로운 경험담을 들으면 "그것은 환상"이라고 단정하는 과학적 회의론자였다. 하지만 임사체험(near-death experience)을 한 후 그는 변했다. 자신이 가진 과학·의학 지식을 총동원해 임사체험에 대한 증명을 시도한 책 『나는 천국을 보았다(Proof of Heaven)』를 발표했다. "육체의 죽음 이후에도 의식(consciousness)은 존재한다" "신(神)과 사후 세계는 있다"고 말하는 이 책은 2012년 미국에서 출간돼 베스트셀러가 됐다. 세계 30여 개국에 소개됐으며 한국에서도

2013년 출간돼 7만 부가 팔렸다.

최근 한국어판이 나온 두 번째 책 『나는 천국을 보았다-두 번째 이야기(The Map of Heaven)』에서는 영적(spiritual) 세계를 강조한 철학자와 과학자들의 삶, 임사체험후 자신에게 도착한 많은 이의 증언을 소개하고 있다. 한국어판 출간을 계기로 이븐 알렉산더 박사와 e메일 인터뷰를 했다.

질의 : 두 번째 이야기를 쓴 이유는.

응답 : "2008년 임사체험 후 나는 다른 사람들의 유사한 정신적 경험을 수없이 접했다. 임사체험이 오랜 역사에 걸쳐 전 세계의 모든 나라·문화권에서 끊임없이 발생해 온 보편적인 현상이라는 사실을 알게 됐다. 이들은 천국(heaven)에 관한 다양한 정보를 전하며 우리 영혼이 영원하다는 사실을 확인해주고 있었다. 마음을 열고 진실을 듣고 싶은 이들에게 이를 알려야 했다."

질의 : 당신이 체험한 사후 세계가 기독교에서 말하는 '천국'인가.

응답 : "내가 경험한 사후 세계는 보편적인 것이다. 여러분은 천국에 대한 나의 설명을 성경, 쿠란, 베다 문헌, 혹은 기타 여러 종교 문헌에 적힌 천국과 비교해 볼 수 있다. 세계 곳곳의 독자로부터 내 책이 본인들의 종교가 설명하는 천국을 얼마나 완벽하게 기술하고 있는지 감탄하는 e메일을 받는다. 나는 우리 모두가 동일한 '하나의 신(one God)'

으로부터 사랑을 받고 있다고 믿는다."

질의 : '지옥(hell)'을 경험하고 돌아온 사람도 있다.

응답 : "나는 '지옥'이라는 개념을 '사람이 자신의 삶을 되돌아보는 과정에 마주치는 힘든 시나리오(difficult scenario)'라고 해석한다. 이것은 죽음의 고비에서 반드시 거치는 과정이다. 나는 어떤 이들의 영혼이 삶을 되돌아보는 과정을 엿보기도 했는데, 이때 삶을 판단하는 것은 신이 아니라 개인의 '보다 높은 단계의 영혼(higher soul)'이었다. 이때는 자신의 눈이 아니라 자신을 둘러싼 다른 이들의 눈을 통해 자신의 일생을 보게 된다. 만약 당신이 살인을 저질렀다면 그 느낌이 얼마나 끔찍할지 상상해 보라. 그것이 바로 '지옥'일 것이다."

질의 : 자신에게 이런 일이 일어난 특별한 이유가 있다고 생각하나.

응답 : "나는 평생을 뇌와 의식에 대해 연구했다. 공상이나 엉성한 생각을 허용하지 않는 과학의 정직성과 깨끗함을 좋아했다. 하지만 갑작스러운 혼수상태와 임사체험을 통해 의식은 뇌가 만들어내는 것이 아님을 알게 됐다. 우리가 목적 없는 화학반응으로 탄생한 우연의 산물이 아니라 영적인 우주에 살고 있는 영적인 존재라는 걸 깨달았다. 2012년 6월에 신경외과 의사 일을 그만두고 영적인 삶의 중요성에 관해 글을 쓰고 가르치는 일을 하고 있다."

그동안 신경과학에선 임사체험을 "생명을 이어가려 기를 쓰는 뇌가 만들어낸 부산물"로 파악했다. 변연계의 깊은 곳에서 올라온 왜곡된 기억의 단편이라거나, 약물로 인한 강력한 환각체험이라는 해석 등이다. 『나는 천국을 보았다』에서 알렉산더 박사는 이런 주장에 의학적 근거를 들어 반박한다. 왜곡된 기억이나 환각 모두 대뇌피질(cerebral cortex)의 작용 없이는 일어날 수 없는데, 당시 자신의 대뇌피질은 완전히 기능을 상실한 상태였다는 것이다. 하지만 이런 주장에 대한 반론도 이어졌다. 뇌과학자이자 작가인 샘 해리스는 "그의 임사체험은 그가 코마 상태에서 깨어날 때, 즉 대뇌피질의 기능이 회복되는 과정에서 발생했을 것"이라고 반박했다.

질의 : 여전히 당신의 체험을 믿기 어렵다는 사람이 많다.

응답 : "나는 타인에게 믿음을 바꾸라고 강요하지 않는다. 다만 나의 경험과 나의 선택을 공유하려는 것이다. 사람들이 나의 얘기에 고무돼 변한다면 멋진 일이 될 것이다. 모든 문화권에서 수천 년 동안 수많은 영혼이 보고한 영적 경험에 대한 압도적인 실증 데이터는 현대 과학에 최대의 도전이 되고 있다. 진정으로 열린 마음을 가진 회의론자라면 자연히 거짓 물질주의 패러다임(즉 물질만이 존재하며 뇌의 물질적 작용이 의식을 창조한다)을 거부하고 더 큰 영적인 풍요를 지닌 견해를 포용할 것이라고 본다."

질의 : '두뇌가 의식을 만든다'는 건 과학계 상식인데.

응답 : "이 주장에 여전히 매료된 이들에게 나는 두 가지 현상을 이야기한다. 우선 치매 노인들이 임종 직전에 순간적으로 놀라운 인지나 통찰력을 되찾는 경우다. 다른 하

나는 '서번트 증후군'(일종의 뇌 손상을 입은 이들이 탁월한 계산능력이나 완벽한 기억력을 보이는 것)이다. 이것들은 우리가 알고 있는 이것들은 우리가 알고 있는 단순화된 뇌 신경 개념으로는 설명할 수 없다. 갈수록 늘어나는 임사체험은 말할 것도 없고 과학의 진보는 원거리 투시나 텔레파시 등 '보이지 않는 것들의 과학'을 포용하는 방향으로 가고 있다."

질의 : '다른 삶'을 인정한다고 해서 오늘의 삶이 달라질 수 있을까.

응답 : "그러기를 바란다(I hope so). 임사체험을 한 사람들은 자신의 이해력이 바뀌는 것을 경험한다. 임사체험 후 우주에는 과학만으로 설명할 수 없는 질서가 있으며, 우리 모두는 살아갈 이유가 있어 이 땅에 온 존재란 걸 깨달았다. 당신의 영혼이 계속 살 것이라 믿으면 천국의 관점에서 이 세계를 다시 보게 될 것이다. 우리 주위의 모든 것들을 궁극의 개성과 독특함을 지닌 존재로 대할 수 있다. 나의 큰 변화 중 하나는 나 자신과 타인에 대한 참을성이 늘어나고 있다는 것이다. 신과 하나가 되기 위한 가장 직접적인 길은 우리 자신과 타인을 모든 면에서 사랑(love), 연민(compassion), 용서(forgiveness), 용인(acceptance)과 자비(mercy)로 대하는 것이다."

"어두운 터널 지나 빛나는 곳으로"…공통 경험

임사체험을 한 사람들이 말하는 사후 세계의 묘사에는 공통적인 요소들이 있다. 알렉산더 박사가 음침하고 축축

한 곳에서 빛으로 나아갔다고 말하듯, "어두운 터널이나 계곡을 통과해 빛나고 생생한 풍경(초강력 현실)이 있는 곳으로 간다"는 구도다. 또 '맞이하는 사람(greeter)', 즉 지상에서 알았던 사람들이 그들을 환영하기 위해 기다리고 있었다는 증언도 반복해서 나온다.

알렉산더 박사 역시 임사체험 중 자신을 안내하는 한 여성을 만났다. 전에 한 번도 본 적이 없는 사람이었다. 하지만 뇌사 상태에서 깨어나 꽤 시간이 흐른 뒤 자신이 알렉산더에 입양되기 전의 친부모가 보내준 사진을 보고는 사후 세계에서 만난 사람이 일찍 세상을 떠난 자신의 여동생이었음을 알게 됐다고 말한다.

사람들은 가족이나 가까웠던 이가 죽음을 목전에 두고 있거나 세상을 떠났을 때, 영적인 경험을 하는 경우가 많다. 알렉산더 박사는 "만약 당신의 남편이 죽었다면, 그리고 남편이 생전에 홍관조를 사랑했다면, 그런데 남편의 기일에 묘지에 가니 홍관조 한 마리가 묘비에 앉아 있었다면 이를 단지 '우연일 뿐'이라고 용납하지 말라"고 했다. "임사체험을 한 수많은 사람들은-아마도 젊은 사람일수록-거부당할 거라는 두려움으로 자신의 경험을 절대 들키지 말아야 한다고 생각한다. 그러나 임사체험 혹은 유사한 영적인 경험을 솔직하게 얘기할 수 있을 때 우리는 서로의 마음을 열게 될 것이다. 그리고 이는 곧 우리가 살고 있는 세상에 사랑이 퍼지게 할 것이다. 이것이 중요한 포인트다."

영적(靈的) 세계를 강조한 말말말

"우리가 배움이라고 부르는 것은 단지 회상의 과정일 뿐이다." (플라톤, 고대 그리스 철학자)

"죽어서 성장함을 알지 못하는 한 그대 단지 어두운 지상의 고달픈 길손에 지나지 않으리." (요한 볼프강 폰 괴테, 독일 작가·정치인)

"천지간에는 자네의 철학으로 상상하는 것보다 많은 것이 있다네." (윌리엄 셰익스피어, 영국 작가)

"믿는 자는 믿지 않는 자가 알지 못하는 새로운 진실을 본 자일 뿐 아니라 훨씬 강한 자이다. (…) 왜냐하면 실제로 단순한 인간으로서의 조건들을 넘어섰기 때문이다." (에밀 뒤르켐, 프랑스 사회학자)

"나는 믿지 않는다. 다만 알 뿐이다." (카를 융, 스위스 정신의학자, 죽기 직전 '신을 믿느냐'는 질문에 대한 대답)

"이 세상은 하나의 환상이다. (…) 우리는 이 세계 속에 있지 않으면서 속해 있는 방법을 찾아야 한다." (올더스 헉슬리, 영국 작가)

"과학이 비물질적 현상의 연구를 시작하는 날, 과학이 존재해 온 지난 수세기보다 더 많은 진보를 10년 내 이루게 될 것이다." (니콜라 테슬라, 미국 전기공학자)

중앙일보, 2016.07.11. 이영희기자

깨어 있는 현재가 마음의 고향입니다

가을을 재촉하는 비가 이틀 동안 내리더니 드디어 하늘이 파란 민얼굴을 내민다. 그러자 이번에는 노랗고 빨간 손을 한 나무들이 파란 하늘을 무대 삼아 바람과 함께 신나게 춤을 춘다. 나에게 매년 초가을은 마음 본성으로 돌아가는 수행의 시간이다. 올해는 예전부터 꼭 한 번은 가겠노라고 내 스스로와 약속했던 프랑스 남부 시골 마을에 위치한 틱낫한 스님의 수행 공동체, 플럼 빌리지에 와 있다. 2013년 틱낫한 스님께서 여러 제자와 함께 우리나라를 방문하셨을 때 법문을 통역했던 일로 귀한 인연을 맺었다. 틱낫한 스님의 훌륭한 가르침이 어떻게 수행 공동체를 통해 실천되고 있는지 항상 궁금했는데 드디어 시절 인연이 된 것 같다.

틱낫한 스님은 베트남 전쟁 당시 반전 운동과 참여 불교 운동을 이끄셨다. 스님께서 노력하시는 모습을 본 마틴 루서 킹 목사께서 크게 감동해 노벨 평화상에 추천한 것으로도 잘 알려져 있다. 전쟁이 끝나고 베트남으로 돌아갈 수 없게 되자 프랑스 남부에 작은 수행 공동체를 열고 스님의 가르침을 찾는 사람들과 함께 평생 수행을 하셨다. 처음엔 작았던 공동체가 시간이 지나면서 승려의 숫자도 늘고 방문 수행자도 많아지면서 지금 규모의 플럼 빌리지가 된 것이다. 스님의 연세가 아흔이 되시면서 작년부턴 법문을 하실 수 없을 정도로 몸이 많이 불편해지셨다. 그럼에도 불구하고 플럼 빌리지는 여전히 전 세계 65개국에서 수행을 하기 위해 많은 사람이 찾는다.

그렇다면 어떤 특별한 수행을 하기에 전 세계 사람들은 먼 국경을 넘어 이곳까지 오는 것일까? 처음 플럼 빌리지에 도착하면 가장 먼저 놀라는 것이 이곳 수행자들은 모두 천천히 걷는다는 것이다. 하루하루 어딘가를 가기 위해 바쁘게 발걸음을 재촉하는 현대인의 일상과는 극명하게 대조된다. 마치 걷는 것 자체를 즐겨도 된다고 사람들에게 알려주기 위해 천천히 걷는 것처럼 느껴진다. 그런데 걷는 것만 천천히 걷는 줄 알았는데 밥도 역시 아주 천천히 먹는다. 음식을 한입씩 물고 고요 속에서 그 과정을 충분히 음미한다. 아무리 산해진미라 해도 그 음식을 먹는 동안 마음이 딴 곳에 가 있으면 그 맛을 모르고 먹게 된다. 하지만 반대로 차 한 모금을 마시더라도 마음이 온전히 깨어 그 맛을 느끼게 되면 아주 새롭게 다가온다.

틱낫한 스님의 가장 중요한 가르침은 걷는 것과 먹는 것에서 볼 수 있듯, 바로 지금 여기에서 마음이 온전히 깨어 있으라는 것이다. 지금 무언가를 하면서도 마음이 자기 생각 속에 빠져 과거의 기억이나 미래의 걱정을 하는 것이 아니고, 지금 현재에 와서 깨어 있는 것이다. 왜냐면 여기 현재가 바로 수행자들이 찾던 마음의 고향이자 귀의처이기 때문이다. 온전히 현재로 온 마음은 아무런 상념이 없고 편안하다. 자기 생각에 빠져 있지 않으니 앞 사람 얼굴이 보이고 온전히 지금을 즐기게 되니 마음이 바쁘지 않고 평화롭다.

그렇다면 좀 더 구체적으로 자기 생각에 빠져 현재를 놓치는 마음을 어떻게 해야 깨어 있게 만들 수 있을까? 그것은 바로 현재 쉬는 숨으로 돌아오는 것이다. 숨은 우리 몸과 마음을 연결해주는 아주 중요한 다리다. 숨이 편하면 마음도 편해지고, 반대로 마음이 급하거나 불안하면 숨도 역시 급하고 불안해진다. 그리고 가장 중요한 것이 숨은 항상 지금 현재에 쉬고 있다는 점이다. 숨을 놓치지 않고 있으면 결국 현재를 놓치지 않게 된다. 그렇게 숨을 느끼다 보면 자연스럽게 숨이 편안하고 깊어지면서 마음도 역시 따라서 편안하고 깊은 침묵 속의 평화를 맛보게 된다.

마음이 이렇게 숨을 통해 깊은 침묵의 상태에 있다 보면 어느 순간 지혜 또한 열리게 된다. 평소에는 마음속에서 일어나는 생각들을 '나'라고 동일시했는데 생각과 생각 사이에 있는 평화로운 침묵의 공간을 경험하게 되면서, 생각은 자기가 알아서 일어났다가 자기가 알아서 사라진다는 것을 보게 된다. 즉 나와 상관없이 일어났다가 내 의지와 상관없이 사라지는 것이 생각이라 올라오는 생각들에 그렇게 집착하지 않게 된다. 더불어 평화로운 침묵이 내 안에만 있는 것이 아니라 밖에도 가득하다는 것을 깨닫는다. 왜냐면 어디에서 침묵이 시작되고 어디에서 끝이 나는지 도대체 찾을 수 없기 때문이다. 즉 안팎의 분별, 나와 세상으로 나누던 차별이 살아 있는 침묵 속에서 없어지는 것을 경험하게 되는 것이다.

하늘이 노을로 물들면서 어느 스님의 저녁 종성 소리가 경내를 평화롭게 울린다. 저녁 수행을 하러 법당 안으로 들어가는 수행자들의 발걸음 소리가 살아 있다. 온 우주가 감사함으로 한 송이 꽃을 피운다.

중앙일보, 2015.10.07, 혜민 스님

남 탓 하지 않을수 있는 용기 '담대함'

마음이 많이 아플 때 꼭 하루씩만 살기로 했다/몸이 많이 아플 때 꼭 한순간씩만 살기로 했다/고마운 것만 기억하고/사랑한 일만 떠올리며/어떤 경우에도/남의 탓을 안 하기로 했다/고요히 나 자신만/들여다보기로 했다/내게 주어진 하루만이/전 생애라고 생각하니/저만치서/행복이 웃으며 걸어왔다.

이해인 수녀의 '어떤 결심'이란 시다. 하루하루를 소중하게 살아야 한다는 울림을 먼저 받는다. 일상을 살아가는 우리에게 하루는 매일 다르다. 똑같은 하루지만 심장박동 수가 그때그때 다르듯이. 또 수천년을 이어온 바둑에서 똑같은 기보가 만들어질 개연성이 0%에 가까운 것처럼.

사람을 대하다 보면 그 사람을 차차 알게 된다. 어떤 성격의 소유자인지, 어떤 품성을 가진 사람인지. 중요한 건 내 안에서 나를 찾는 일이다. 주변 환경이나 주위 사람이 어떠하더라도 결국 그 상황을 대하는 주인공은 나 자신이기 때문이다. 어떻게 대처하고, 어떻게 행동할 것인지는 내가 결정해야 한다. 그래서 나 자신에 대한 수양이 먼저다

가끔씩 심쿵(심장이 쿵쾅거린다는 뜻)하게 만드는 것은 열정을 갖고 사는 사람들이다. 목적을 향해 열정적으로 다가가는 그들 앞에 늘 고개 숙이게 된다. 열정이 없는 사람

은 삶의 활기가 떨어진다. 그래서 무언가를 향해 열정적으로 다가서는 사람에게 숙연해진다. 스스로에게 물음표를 던진다. 만약 주어진 시간이 오늘 하루밖에 없다고 해도 그렇게 소극적으로 살 것인가.

우리는 가끔씩 어려운 상황이 주어지면 남의 탓을 하게 된다. 이런 상황까지 온 건 누구 때문이라고. 내 탓을 남에게 돌리며 위안거리를 찾는 심리행동이다. 내 욕심을, 내 잘못을 나눠 갖기 위한 비겁함이다. 어떤 경우에도 남 탓을 하지 않을 수 있는 용기가 필요하다. 담대함이다. 담대함으로 삶을 마주한다면 그 길 앞에 두려움은 아침 이슬처럼 햇살과 함께 사라지고 만다.

삶은 언제나 선택과 결정의 연속이다. 늘 하나를 선택해야 하는 상황이 오고, 마음을 정해야 다음 걸음을 뗄 수 있다.

파이낸셜뉴스, 2015.10.5, 박승덕 증권부장

말은 그 사람의 마음표현이며 인격이다

우리는 태어나서 생을 마감할 때까지 의사표현인 말을 한다. 아침에 일어나서 저녁에 잠자리에 들 때까지 말을 하면서 생활한다. 대화 중에는 응댓말이 있다. 이 대화법을 터득하면 인격이 올라가고 예의가 있는 사람으로 평가된다. 언어 예절은 말하는 사람과 듣는 사람의 갈등을 피하고 이익을 극대화하는 데도 목적이 있다.

대화를 해보면 그들이 소속되어 있는 조직의 특성과 문화적 수준을 가늠할 수 있다. 언어예절은 남에 대한 배려에 앞서 자신의 품위를 결정하는데 중요한 역할을 한다. 응댓말의 원칙을 살펴보기로 한다.

첫째, 존댓말이 원칙이다. 상대를 보고 적절한 경어를 사용하지 않는다면 예의 없는 사람이라는 낙인이 찍힌다. 이때 악의가 없었다고 아무리 변명해도 소용없는 일이다.

상대방의 인격에 대한 인간다운 존경이나 친절을 표현하는 것이 바로 존댓말이다. 경어를 쓴다고 해서 비굴해진다고 생각하거나 상대방에게 이끌리게 된다고 생각하는 것 자체가 이미 비굴하다는 사실을 인식해야 한다.

둘째, 상대에 따라 말을 가려 해야 한다. 우리가 평소에 쓰는 말투에는 크게 세 가지가 있다. 친한 사람끼리 또는 아랫사람인 경우에는 '해라'의 명령조가 있다.

보통 대화에서는 '하시오'가 있고, 윗사람이나 정중한 대화에서는 '하십시오'를 써서 존댓말을 쓴다. 예를 들면 '저 놈 밥 먹었나?', '저 사람 식사 했어요?', '저 분 진지 드셨어요?' 등 이 세 가지 말이 각각 다른 것처럼 그 문체도 다르다.

경어는 '말과 문체'를 합해서 쓰는 존댓말인 것이다. "시장하시겠습니다." 하면 될 것을 "배가 고프시겠습니다."하는 것은 잘못이다. 말과 문체가 맞지 않기 때문이다. 존경과 조심하는 심정으로 상대방을 대하는 대응 감정을 말로 표현하는 것이 경어이다. 경어는 일반적으로 존경어, 겸양어, 공손어의 세 가지로 나눌 수 있다. 존경어는 상대방과 관계있는 사물에 대해 존대해서 말하는 존댓말이다. 겸양어는 자기와 관계있는 사물에 대해 낮추는 말이다. 공손어는 사물을 정중하게 표현하여 간접적으로 상대방에게 경의를 표시하는 말이다. 이 세 가지를 바르게 쓰지 않으면 상대방을 존대하는 마음은 전하지 못하고 말도 똑똑히 하지 못하는 교양 없는 사람으로 찍힌다.

셋째, 친절한 마음에서 우러나오는 말을 해야 한다. 말의 바탕이 차갑고, 메마르고 쌀쌀한 '응대용어'의 사용은 좋은 방법이 아니다.

시원하고 산뜻한 용어 중에 "네!" 하는 응답이 있다. 언제 어디서 누구에게나 "네" 하고 따뜻한 마음으로 솔직하게 대답하는 습관을 길러야 한다. "네, 시정하겠습니다", "네, 즉시 실행하겠습니다"와 같이 사심 없이 상대방의 마음을 그대로 받아들이는 태도가 좋다.

호칭 문제도 신경 써야 한다. 내부 조직의 사람을 손님에게 말 할 때는 경칭을 생략해야 한다. '우리 과장님'이 아닌 '우리 과장이' 좋다. 상대방을 최대한 높여 주는 말은 '아가씨' 보다 '아가씨께서'가 좋다. '저희'와 '우리'가 있는데 말하는 사람과 듣는 사람의 소속이 같으면 '우리', 다르면 '저희'라고 하는 것이 올바르다. 우리는 상대를 평소에 잘 분석하여 그들에게 맞는 대화법의 경어를 구사할 때 효과적이고 품위 있는 스피치 생활을 할 수 있다.

말은 곧 그 사람의 마음의 표현이며 인격이다. 시간, 장소, 상황에 맞는 올바른 응대 화법을 잘 구사하는 것이 무엇보다 중요하다.

전북매일신문, 2016.3.31. 김양옥 스피치&리더십컨설팅 대표

완전 소중한 당신을 위하여

2017년, 다사다난(多事多難)했다. 너무 식상해서 정말 사용하고 싶지 않은 단어지만 그 보다 적당한 단어를 찾을 길이 없다. 일도 많고 탈도 많고, 우리는 2017년 한 해를 숨가쁘게 달려와 여기에 있다. 국가적으로는 박근혜 전 대통령의 탄핵과 구속, 문재인 대통령의 당선, 사드배치와 비롯된 갈등, 경기침체, 북한의 핵실험과 미사일발사, 포항지진과 수능연기, 인천 영흥도 낚싯배 전복 사고 등 크고 작은 일들이 우리를 가슴 졸이게 하고 안타깝게 했다. 우리지역으로 국한시켜보자면 2023새만금 세계 잼버리 유치성공, 현대중공업 군산조선소 가동중단, 서남대 폐교 결정, 전북현대 모터스 통산 5번째 K리그 우승, 2017년 세계 태권도 대회 성공유치, U-20월드컵 성공유치 등 역시나 적잖은 일들이 있었다.

필자는 2017년 새해 첫 아침을 부산 광안대교 위에서 일출을 보며 시작했다. 난생 처음이었다. 그게 뭐라구, 한 겨울 신새벽에 중무장하고 기어이 부산까지 가서 해맞이를 했다. 12월 31일의 해와 1월 1일의 해가 다르지 않고, 부산이나 포항의 해와 전주의 해가 다르지 않거늘, 우리는 굳이 특별함의 의미를 부여하고 싶어 한다. 추위나 교통체증은 아무런 장애가 되지 못한다. 건강, 취직, 결혼, 금연,

합격, 승진, 돈, 다이어트, 운동, 사랑 등 가지지 못한 것들을 소망하고, 지키고 싶은 것들을 위해 다짐한다. 새해에는 누구랄 것도 없이 모두가 한마음으로 그렇게 시작하곤 한다.

새해에 대한 희망을 품고 새로운 결심과 기약을 하고 서로의 건강을 기원하며 설렘의 새 출발을 하였던 것이 진짜 엊그제 같다. 어른신들 말씀이 세월이 유수와 같다고, 쏜살같다고.....살아보니 정말 그렇다. 2017년 한 해도 한방에 훅 보내고 말았다. 이정도면 과히 LTE급이라 할 수 있다. 그러나 우리는 과연 얼마나 성취했는가? 얼마나 다다랐는가? 스러져가는 2017년 끝자락에서 후회와 반성 그리고 아직은 미처 정리되지 못한 새로운 결심들로 만감이 교차하는 요즘이다.

2017년도 열흘 남짓, 이제 각종분야에서 시상식이 이어질 것이다. 많은 사람들의 이목이 집중되는 가요대상, 연예대상, 연기대상 등의 방송계뿐 아니라, 스포츠계·언론계·학계·일반 사기업 등 각계각층, 크고 작은 집단과 모임 등에서 뛰어난 성과를 보였던 분들을 표창하고 칭찬하며 한 해를 마무리 하고자하는 행사들이 즐비하게 기다리고 있다. 수상자의 노고와 노력이 노미네이트에 그친 사람들의 그것보다 더 가치있는 것은 아니지만, 타인들로부터 인정받고 성과에 대한 점검내지는 평가를 통해 한 해를 정리하며, 더 발전적인 에너지원으로 삼을 수 있다는 측면에서 볼 때, 그럴 수 있는 기회를 가진 분들은 대단히 축복받은 사람들임에 틀림이 없다.

그래서 문득 한 해를 마무리 하는 이 시점에서 2017년을 열심히 달려온 자기 자신의 노고와 노력을 칭찬해주며 셀프 표창을 하는 것은 어떨까 하는 생각을 해보았다. 잘못한 놈 응징하는 것도 중하고 잘한 놈 치하하는 것도 중하지만, 1년을 잘 살아낸 나 자신에게 '고맙다, 애썼다, 그만하면 잘해냈다'..... 토닥토닥, 쓰담쓰담 해주면 어떨지..... 혹 새해 첫날의 나의 결심이 무색할지언정 잘못한 것 헤집지 말고, 실수한 것 곱씹지 말고, 잘한 것, 양호했던 것, 훌륭했던 것만 톺아보며, 그 누구보다 소중한 자기 자신을 위해서 스스로 위로하고 격려해 주었으면 좋겠다.

왜 후회가 없겠는가, 왜 미련이 없겠는가, 이랬어야 했어, 저랬어야 했어, 이러지 말았어야 했어, 저러지 말았어야 했어, 우리는 무수히 많은 선택의 순간을 넘어 번민했고 결정했으며, 그것이 옳다 생각하고 1년을 달려왔다. 예상과 달랐다고, 결과가 만족스럽지 못하다고 자신의 노력을 폄하하지는 않았으면 좋겠다. 시간은 그냥 흐른 것만은 아닐 것이다. 지나온 실수와 오류의 시간 또한 오늘의 나를 만들어낸 과정이었다. 그리고 그러한 길을 겪어내고 버텨온 나이기에 내일의 나는 더 견고해져 있을 것이므로 그것은 충분히 의미있는 일이 될 터이다. 내가 지나온 시간이, 내가 살아 온 세월이 유일무이한 존재인 바로 나 자신 자체이기에, 그 길을 묵묵히 걸어온 이 세상 모든 나에게 박수를 보낸다.

당신은 느리지만 올곧았다. 당신은 투박하지만 친절했다. 당신은 미련하지만 우직했다. 당신은 어리석지만 이타적이었다. 당신은 가난하지만 행복했다. 당신은 진정 아름다웠다.

새전북신문, 2017.12.19. 조준모 방송인 언론학박사

제 나이에 맞는 삶이란 어떤 것일까

내 안에는 일곱 살 꼬마와 꿈 많은 스무 살 여대생과 이제 좀 인생을 아는 중년 여인과 산전수전 다 겪은 꼬부랑 할머니가 함께 살아간다. 다양한 연령대의 자아들이 어울리는 순간에 제때 튀어나와 주면 좋으련만, 자꾸 결정적인 순간에 엉뚱한 자아가 튀어나와 문제다. 든든하고 믿음직스러운 모습을 보여줘야 할 때 느닷없이 철딱서니 없는 일곱 살 꼬마가 튀어나와 당황스럽고, 오랜만에 귀여운 척 애써 연기하고 싶을 때는 세상 다 살아버린 듯한 구수한 노파가 튀어나와 로맨틱한 분위기를 망쳐 버린다. 나이에 맞게 사는 법을 배우지 못한 채 항상 지나치게 조숙하거나 때로는 어쩔 수 없이 어떤 무리의 막내 역할을 떠맡으면서 '나는 항상 내 나이를 제대로 살아보지 못했다'는 서늘한 소외감을 짊어지고 다녔다. 때론 너무 조숙했고, 때론 너무 철없는 내가 걱정스럽다. 제 나이에 맞게 사는 것이 왜 이토록 어려울까.

제 나이에 맞게 산다는 것은 과연 어떤 의미일까. 아직도 쉽지 않은 화두지만 살아 오면서 멋있게 나이 드는 이들을 볼 때마다 발견하는 몇 가지 공통점이 있었다. 어린아이들이 예쁠 때는 '무언가를 잘 모르는 모습'과 '무언가를 어떻게든 알려고 애쓰는 모습'이 절묘하게 조화를 이룰 때다. 내 어린 조카는 작년에는 '백 살까지 살겠다'고 선언하

더니, 올해는 '백만 살까지 살겠다'고 호언장담한다. 작년에 알던 가장 큰 숫자는 100이었는데, 올해는 백만을 알았으니 기특하다. 인간의 평균수명을 모르는 천진난만한 모습이 뒤섞여 더욱 귀여운 것이리라.

한창 나이의 젊은이가 아름다울 때는 열정과 수줍음이 충돌해 어찌할 바를 모르는 모습이다. 열정을 표현하려면 필연적으로 자기를 드러내야 하는데, 이럴 때 '내가 남들에게 어떻게 보일까, 너무 나서는 게 아닐까'를 걱정하는 수줍은 마음이 섞이면 그 모습이 참 어여쁘다. 자기만 돋보이려고 하지 않고, 함께 하는 사람들의 수고로움을 배려하는 사람, 자신도 힘들면서 어려운 사람을 도우려고 하는 젊은이들을 보면 더욱 멋져 보인다.

중년이 아름다운 순간은 '아, 저 사람은 인생을 즐길 줄 아는 사람이구나' 하는 감흥을 불러일으키는 때다. 일 중독에 빠져 인생의 아름다움을 누릴 줄 모르는 얼굴, 어떻게든지 한 살이라도 젊어 보이려 야단법석을 떠는 얼굴보다는 '지금 내가 놓치고 있는 인생의 소중한 순간이 무엇인가'를 성찰하는 사람들의 약간 고뇌 어린 얼굴이 훨씬 아름답다. 노년이 아름다운 때는 '자신도 모르게 자신의 지혜를 젊은이에게 전해 주는 메신저'의 모습을 보일 때다. 훈계조나 명령조로 젊은이들을 괴롭히는 것이 아니라 자신이 살아온 인생 그 자체로 빛나는 모범을 보이는 노년이야말로 세상의 귀감이 된다.

나이 들수록 더 중요해지는 것은 '내 삶'과 '내 삶을 바라보는 또 다른 나' 사이의 거리조절이다. 나는 제대로 살아가고 있는가. 내 삶이 타인에게 조금이라도 도움이 될까. 내 일이 이 세상에서 어떤 의미가 있을까. 주변 사람들에게 나는 따뜻하고 자비로운 사람인가. 이렇게 질문하는 나, 성찰하는 나, 가끔은 스스로를 마음의 죽비로 칠 수도 있는 냉철함과 성숙함이 우리를 자아도취나 자기혐오에 빠지지 않게 하는 최고의 멘토가 된다. 어릴 때는 잘 몰랐는데 나이가 들수록 소중하게 느껴지는 '삶의 기술'이 하나 있다. 그것은 바로 다른 사람의 노력 앞에서 경의를 표할 줄 아는 '감상의 기술'이다. 들리는 음악, 보이는 그림, 나른한 오후에 펼쳐 읽는 책 한 권, 하늘과 나무와 바다와 별들, 이 모두가 이 세상의 퍼즐을 맞추어 가는 아름다운 '감상의 대상'들이다. 내 주변의 모든 것을 심미적 대상으로 바라볼 줄 아는 마음의 여유와 탐미적인 시선이야말로 '제 나이에 맞는 삶'을 가꾸어 갈 수 있는 최고의 비결이 아닐까.

심리학자 카렌 호나이는 이렇게 말했다. 환자가 치료자를 찾는 이유는 신경증을 치유하기 위해서가 아니라 스스로를 완성하기 위해서라고. 우리는 스스로를 완성하기 위해, 더 나아가 매 순간 새로 태어나기 위해, 매일매일 더 나은 자신과 만나기 위해 끝없이 노력한다. 그 소중한 하루하루가 모여 '나다움'을, '내 나이'를 만들어 갈 것이다.

중앙일보, 2015.12.05, 정여울 작가

농민이 진정한 애국자다

새해 아침 농민을 바라보면서 최근 '애국자'란 단어가 자꾸만 떠오른다. 과연 누가 애국자인가!

조국의 자주독립을 위해 목숨을 바친 백범 김구 선생, 유관순, 안중근, 윤봉길 의사 등 수많은 독립 운동가들이 애국자다. 세계무역기구(WTO) 앞에서 "농민을 다 죽인다"며 목숨을 던진 이경해 농민열사가 애국자다. 이 같은 수많은 애국자들의 희생덕분에 대한민국은 존재한다.

최근 일본제국주의의 강제동원에 대한 대법원 보상 판결을 아베정권은 반성은커녕 한국에 대한 '수출규제'란 압박카드를 사용하고 있다. 아베의 적반하장은 한일우호관계가 경색되어 군사정보 직접공유 조약인 '지소미아'협정마저 종료 직전으로 치닫고 있다.

우리나라는 미·중·소·일·북한과의 관계를 무시하고는 살아갈 수 없는 지리적 환경에 놓여 있다. 헌데 작금의 현실은 자국의 이익을 위해서 혈맹도 협정도 헌신짝이 되는 냉엄한 세상이 되고 있다.

눈만 뜨면 세계는 변화하고 있다. 자국의 자유와 평화를 지키기 위해서는 현실 상황에 맞는 상호 우호 협력관계를 지속적으로 만들어나갈 수밖에 없다.

농민의 희생은 더 커지고 있다. 이런 숨 가쁜 국제적 소

충돌이 속에서 죽어가는 농촌 농토를 살리고 우리농산물을 생산하는 길이 식량재난을 극복하고 나라의 안보를 지키고 국가발전에 초석이 된다.

농사짓는 농민만이 조국의 최후 보루이다. 농민이 없는 한국은 존재할 수 없다. 농도 전북과 전주는 더욱 그렇다. 그런 전북의 농민들에게 태풍이 닥쳤다. 1998년 11월 자유무역협정(FTA)이 그것이다.

정부는 농촌을 등한시하고 대기업중심의 수출 주도로 국가성장 정책에 맞춰 FTA협약을 체결하였다. 외국농산물이 개방되고 관세율을 줄여 수입함으로써 우리 농민들이 피땀 흘려 지은 농산물은 수지를 맞출 수 없는 지경에 빠지게 되었다. 버티지 못한 농민들은 고향을 등지고 도시로 산업현장으로 떠났다.

우리 농토가 황무지가 되는 날 우리는 일본 등 농업대국의 농산물 속국으로 전락할 위기에 직면하고 있다. 농산물 속국이 되는 날 조국의 미래는 없다.

하지만 아직은 조국의 미래가 밝다. 정부의 지원이 빈약하고 국제경쟁력이 열악한 환경속에서도 오로지 농촌에 남아 농사를 짓는 농민들이 있기 때문이다. 대부분 고령자들이지만, 그들은 내 땅 내 농토를 황무지로 만들 수 없다는 각오 아래 오늘도 피땀 흘려 농사를 짓고 있다. 내가 지은 농산물로 수입농산물에 밀리지 않고 자녀들과 국민들에게 공급해 주기 위해서다. 결국 이 땅은 농민들의 피땀으로 희생으로 지키고 있는 것이다.

그러므로 "농민이 진정한 애국자다" 전주농협은 애국자 조합원 농민들에게 전국최초로 농사연금을 지원하여 주인의식을 심었다. 2018년 30억원의 농사연금을 지급하였다. 농민들의 소득은 증가했고 농협이익은 높아졌다. 내년엔 농민훈장을 수여할 계획이다.

며칠 전 국가보훈처가 윤봉길 의사를 2019년 12월의 독립운동가로 선정했다. 다행스럽고 환영할 일이다. 이제 정부가 나서 독립 운동가를 재조명 하듯, 이 땅의 보루인 농민들을 애국자로 인정해야 한다.

그리고 농사연금지원은 물론 농민 훈장을 수여하는 제도를 만들어야 한다. 정부가 국가식량주권을 지키고 있는 농민, 떠나는 농촌이 아닌 돌아오는 농촌을 위한 농업정책을 새롭게 세워야 한다.

'농자천하지대본(農者天下之大本)'을 굳건히 하는 길이 곧 조국을 탄탄대로에 세우는 애국의 길이 될 것이다. 농민이 애국자다! 농민이 애국자다! 농민이 애국자다! 큰 소리로 국민을 향해 외칩니다.

전북도민일보, 2020.1.3. 임인규 전주농업협동조합장

2부

건강하게 살자

나의 묘비명은 어떻게 쓸까

나는 일전에 죽음체험 프로그램에 부부가 같이 참여했다. 주위의 사람들과 함께 3일간 프로그램에 참여 하면서 '우리의 삶이 무엇이며 어떻게 살아야 잘사는 것인지?'에 대한 프로그램이었다.

'먼저 어떻게 죽을것인가?'라는 얘기부터 나오는데 기분이 별로 였지만 사람은 유한한 존재이기 때문에 언젠가는 죽을텐데 죽기전에 지난 삶을 되돌아 보고 현재의 삶과 앞으로의 삶에 대하여 생각해 보는 계기를 만들어 보는 과정이었다. 그중에 맨 마지막 프로그램에 유서를 작성하고 수의를 입고 관속에 들어가는 것이었는데, 먼저 유서를 쓰면서 지난 날을 회상하니 잘했다는 생각보다 후회되는 생각들이 대부분이고 부인과 자식들에게 미안하고 부끄러운 일들이 많아서 무슨말을 써야 할지가 고민이었다.

사람들은 누구나 죽음을 맞는다. 죽고나면 땅에 묻히고 그사람의 살아온 여정을 기록하여 돌이나 철판에 새긴것이 묘비인데 보통 사람들은 본인의 이름과 생년월일, 사망년월일, 부인과 자녀의 이름만 새겨넣으며 그냥 아무것도 없이 묘만있는 경우도 있고 요즈음은 납골당이 있어 화장을 하여 납골함에 뼛가루를 넣고 그 앞에 이름과 사진을 놓아 둔다. 사람은 유한한 존재이기 때문에 언젠가는 죽어야 한다. 길게 살다 가는사람 짧게 살다 가는 사람.

　세상에 나와서 사는 기간이 얼마일지 모르지만 만약 그 기간을 안다면 역사는 그사람의 삶의 방향이 틀려질것이 다. 우리는 저 유명한 영국의 극작가 버나드 쇼의 묘비에 써 있는 것처럼 '우물쭈물 하다 내 이럴줄 알았다'와 같이 우리는 태어나서부터 정신없이 살게된다. 어려서는 그렇 다 치더라도 배우고 세상 돌아가는것을 보고 느끼면서 살 다보면 어떻게 살아야 겠다는 것이 생각될 것이다. 지금은 아이들 방학이 되면 방학숙제가 별로 없지만 여름 겨울방 학이 되면 방학 숙제 맨 먼저 해야할 것이 방학중 계획표 만드는 것이었다. 하루의 일과를 동그라미에 그려서 색칠 을 하고 책상 앞의 벽에 붙여놓고 그대로 시행하기로 하지 만 그대로 시행되는 일은 며칠 되지 않는다. 그래서 중학 교 고등학교를 거치고 성인이 돼도 계획은 계속되지만 세 상일은 계획대로 되지 않는다. 그래도 계획은 계속 되어야 하지 않을까 생각하며 철강왕 엔드류 카네기의 묘비명처 럼 자신보다 현명한 사람들을 모아 일을 같이 하며 세계 의 기계문명을 바꾸든가 오디세이의 시작자 니코스 카잔 차키스 처럼 아무것도 바라지 않고 아무것도 두려워 하 지않는 자유를 노래하여 많은 사람에게 자유로움을 선사 하든가 프랑스 소설가 스탕달처럼 바쁘게 살고 열심히 쓰 고 열심히 사랑해서 아름다운 소설을 남기든가. 우리 조 병화 시인이 말씀하신 어머님 심부름으로 이 세상 나왔다 가 이제 어머님 심부름 다 마치고 어머님께 돌아가는 삶이 될 것인가.

사람은 무엇은 위해 살아야 하며, 무엇으로 살아야 하나이다. 사람은 살다보면 어떤 색깔로 물들게 된다. 불교에서는 이 색깔을 세속이라 칭하고 이 색깔을 벗겨내기 위하여 수행을 한다. 자동차는 운행을 계속하면 엔진에 때가 끼어 이를 벗기는걸 보링이라 한다. 우리도 살다보면 마음에 때가 끼게 된다. 이를 벗기는걸 힐링이라 한다.

보링, 힐링, 수행 이 모든 것들은 내 마음속에 들어있는 군더더기를 벗겨내는 것이다. 이 때가 입혀지고 벗겨지는 과정을 거치면서 희노애락, 생노병사의 길을 가게 되는데, 이 과정을 거치면서 나의 묘비명을 쓰게 될 것이다.

전북일보, 2015.07.13. 송호상, 한국예총 익산지회 부회장

'나이 들어감'의 미학

'나이는 숫자에 불과하다'는 유명한 카피가 있다. 이 달콤한(?) 환상은 한 때 중장년층과 노년층의 늙지 않을 것 같은 마음을 대변했었다. 과연 그러한가? 그래도 되는 것인가?

대학에 있는 필자는 비교적 다양한 세대를 접하며 살고 있다. 가끔 이 나이에 이렇게 많은 청춘들의 고민에 직면할 수 있는 자체가 새롭기도 하다. 청춘들의 고민을 들어주며, 과거 내 청춘을 반추하기도 하고, 다른 한편으로는 생애주기 선상에서 중장년기와 노년기의 사람들을 비교해보기도 한다. 아마 나도 모르게 학자로서의 심성이 발동했을 때이리라. 때론 같음에 공감하고, 다름에 놀라고, 깨달음에 애닳기도 하다. 세대마다 참으로 다를 듯 하지만, 가까이 가면 갈수록 모든 사람들이 각자의 삶의 경계 내에서 힘겨운 일상과의 투쟁을 하고 있음을 알게 된다. 고민의 깊이와 넓이라는 총량은 같으나, 그 내용이 세대에 따라 다른 것이다. 그 중에서도 한결같이 모든 세대를 아우르는 욕구 중 하나는 '잘 살고 싶다'는 것이다. 잘 산다는 것은 무엇일까? 그 실체가 존재하기는 하는 것일까? 그것은 분명 세상적인 성공의 기준과는 다르다.

한 사람이 '나는 잘 살고 있다'라고 자평하기란 쉽지 않다. 여러 기준과 변화하는 욕구, 그리고 사람들, 우리 사회 때문이리라. 그럼에도 불구하고, 오늘 필자는 잘 살고 있는지를 판단할 수 있는 기준 중 하나라고 생각되는 '나이 들어감의 미학'에 대해 이야기하고자 한다. 이를 위한 첫걸음은 우선 내 나이에 대해 생각해보는 것이다. 아마도 지금 당신은 살짝 놀랐을 수도 있다. 내가 벌써 이 나이가 되다니... 엊그제 나도 청춘이었는데... 만약 이런 생각을 당신이 하고 있다면, 일단 출발이 좋다. 자신의 나이를 인식하는 것은 사람에게 두가지 다른 양상의 행동을 하게 한다. 하나는 나이 때문에 스스로를 제한하는 행동 양식, 예컨대, 내 아이가 이런데, 어떻게 그런 일을 할 수 있을 것인가? 라고 스스로를 경계하는 것이다. 다른 하나는 나이 때문에 오히려 더 늦기 전에 다른 시도를 해보려 하는 행동 양식, 이러한 사람들은 때로 세상을 놀라게 한다. 저 나이에 어떻게 가능할까? 라는 일들을 해내는 것이다. 이 양자 중 무엇이 옳다고 보기는 어렵다. 각자 삶에 대한 선택의 문제이다.

하지만 가끔 이 둘이 절충될 수 없는 것일까 생각해본다. 가시적인 나이에 스스로를 가두지 않고, 정말 하고 싶은 것들에 열중해 볼 수 있는 삶의 여백을 가끔씩이라도 가져보면 어떨까? 나이 들어가는 나를 기쁘고 관대하게 수용하면서 세상과 삶에 대해 다른 시선으로 바라볼 수 있다면, 우리의 삶은 후회보다는 지혜로 재구성될 수 있을 것이다.

'나이 들어감'을 시간에 종속시키기 않고, 주체적인 삶의 한 영역으로 관여 시키도록 해야 한다. 엔딩노트라는 한 영화에서, 69세의 한 남자는 죽음을 통해 역설적으로 삶에 대해 이야기한다. 우리 모두가 삶의 주인공이며, 모든 사람의 삶은 감동으로 가득 차 있다는 것을... 이 남자는 암을 선고받고, 일생의 마지막 프로젝트인 자신의 죽음을 준비한다.. 자신의 엔딩 노트를 써가며... 그는 스스로 삶을 정리한다. 장례식을 준비하고, 은행관련 일들, 그리고 가족들에게 '고마웠다'고, 그리고 아내는 '더 많이 사랑했어야 하는데 미안하다고' 이야기한다(영화 엔딩노트에서 일부분).

나이 들어감은 슬픈 것이 아니다. 담담하게, 지혜롭게 삶의 미학으로 만드는 것, 그것은 우리의 몫이다.

새전북신문, 2016.7.19, 김미옥 전북대 사회복지학과 교수

꿈

탈 벤 샤하르 하버드대 교수가 강의한 내용을 정리한 '행복이란 무엇인가?'라는 책이 있다. 이 책은 긍정심리학이라는 약간 낯선 학문을 소개하고 있다. 수많은 성공과 부자 되는 방법을 알려주는 책들, 리더가 되기 위해 항상 웃는 얼굴이 중요하다고 하는 등의 틈틈이 유행하는 그저 그런 것들과 매우 유사해 보인다. 그런데 점점 고개가 끄덕여 지는 대목이 있다. 심리학 분야에서 1967년에서 2000년까지 발표된 심리학 관련 논문의 분포가 부정적인 즉 분노, 절망 등에 관한 것이 60,000여건이고 기쁨, 행복 등에 관한 긍정적인 심리에 관한 것이 4,800여 편에 불과하다는 것이다.

연구 결과에 따르면 부정적인 심리와 긍정적인 심리에 관한 논문의 비율은 21:1이다. TV에서 나오는 부정적 뉴스와 긍정적 뉴스의 비율도 이와 다르지 않을 듯하다. 하물며 1년 전 세월호 사건 이후 극심한 분노 조절 장애를 겪은 많은 사람들에게 최근 메르스가 확산된 경위를 뉴스를 통해 들을 때 정부에 대한 불신에 의한 스트레스는 지독한 것이 된다. 별로 다르지 않은 증상을 가진, "난 못해", "난 몰라"를 입버릇처럼 달고 사는 사람으로서 샤하르 교수의 "부정적인 생각에서 벗어나세요. 일을 하기도 전에 자신을 부정할 필요는 없습니다."라는 충고가 내 가슴에 등불을 켜는 것 만 같다.

특히 '유머는 세상에 적응하게 하는 강력한 무기'라는 대목에서는 무릎을 탁 치게 만든다. 유머는 세상을 바라보는 하나의 시선이자, 선택이다. 유머러스한 사람은 강한 적응력을 가지고 세계를 바라보기 때문에 더 많은 행복을 느낄 수 있다고 한다. 강의에서 그는 프로이트의 저서 [농담과 무의식의 관계]에서 이기적인 욕구를 표출하고 싶을 때 초자아가 이를 억제하는데 이 때 인간이 좌절을 느끼게 된다고 하면서 바로 그 순간 유머가 사회가 용인할 수 있는 선에서 욕망을 표출시켜줄 유용한 수단이자 도구라는 것이다.

유머가 사람을 살린다는 말이 된 셈이다. 그동안 유머는 집에 두고 밖에 나와서 목소리만 크게 하던 시간들이 과연 나에게 힘과 즐거움을 주고 있지는 않았던 것 같다. 내가 즐겁지 않은데 듣는 이들의 마음이야 어떠했을지는 안 들어도 비디오이다. 이제 긍정적인 마음으로 살아보고자 한다. 이 나라의 정치가 국민들을 무서워하고 국민에게 귀를 기울이며 서로의 잘못을 바로 고백하고 용서 받으며, 정치인이 꿈인 학생들이 국회를 정기적으로 방문 경청하는 미래를 꿈꾼다. 대기업 위주의 경제정책이 중소기업과 균형 있는 발전 계획이 되고 소상공인들을 위한 교육과 지원이 많아지고 골목상권이 보호되는 그런 거리를 꿈꾼다. 안전 불감증으로 우리 아이들이 헛되이 희생되지 않는 사회를 꿈꾼다.

물론 항상 웃는 유머만 있는 건 아니다. 긍정만을 보는 이런 꿈이 만약 이루어지지 않는다면 어떻게 되는지 유머러스하게 보여주는 책으로 [진격의 대학교]가 있다. 그 책에서는 이미 기업의 노예가 되어버린 대학교의 2025년의 가상현실을 그리고 있는데 기막히게도 현재의 순수하다는 학문의 영역이 변해있는지를 보여준다. "교양 과정은 취업에 필요한 스킬을 습득하는 시간으로 전락한 지 오래다. 강사는 '스피치컨설턴트'니, '자소서전문가'니 학문보단 배경으로 채용했다. 이런 강의의 평가가 높으니, 자연히 상대적으로 평가가 낮은 강의들은 도태됐다. 요즘 유행하는 소위 '취업 27종 세트'에 적합한 강의들이 살아남았다.

20년 전만해도 '3종'에 불과하던 '취업세트'는 기하급수적으로 늘어났다."는 대목은 쓴웃음을 주면서도 충분한 메시지를 던진다. 하나 남은 인문학과인 철학과를 폐과하는 장면에서는 "2025년 대한민국에서는 '선비들의 학문'이란 철학과는 영원히 사라졌다. 그 자리에는 '기업가정신학과'가 신설됐다."고 적혀 있었다. 이런 현실이 올까 정말 두렵다. 우리 대학이 인문학의 산실로 거듭날 수 있도록 대학의 교수님들과 학생여러분들의 노력이 절실히 필요하다.

전북매일신문, 2016.5.17, 박광철 아이쿱 전주소비자생활협동조합 감사

단순함의 맛

세상을 복잡하게 사느라 지쳐있는 현대인들에게
단순함에서 답을 찾아보자고 제안한다
단순함은 부족함이 아니라
만족함의 정점에 있는 편안함이요 아름다움이다

불확실한 시대를 살고 있는 현대인은 하루하루가 힘들고 벅차다고 한다. 청소년들은 밤낮으로 공부하느라 시간이 없고 힘들다고 하고, 청·장년들은 대학을 졸업해도 직업이 없어 방황하며 결혼과 독립에 차질이 생겨 당황한다. 학부모들은 자식의 양육과 교육으로 허리가 휜다고 하며, 장년 부모들은 자녀의 결혼과 독립의 문제가 원만히 해결되지 않아서 밤잠을 설치고 있다. 자녀를 모두 결혼시키고 이제야 한숨을 돌리는 보람을 만끽해야 할 노인들은 빈털터리로 남아 아프고 외롭다고 한다. 모든 층에서 고단함이 느껴지는 삶의 모습이다. OECD 국가 중 우리나라가 자살률이 가장 높다는 통계자료를 보면 우리들의 삶이 얼마나 버거운지 알 수 있다.

어떤 해결책이 있을까? 세상을 복잡하게 사느라 지쳐있는 현대인들에게 단순함에서 답을 찾아보자고 제안한다. 단순함은 부족함이 아니라 만족함의 정점에 있는 편안함이요, 아름다움이다. 단순함은 심리적, 물질적, 정서적인 면과 관련하여 다음과 같이 생각해 볼 수 있을 것이다.

첫째, 심리적인 단순함은 정직함이다. 자신의 욕심으로 감추고 싶은 부분이 생기는 순간 복잡하게 엮여질 거미줄 하나가 만들어지는 법이다. 하나의 거짓은 또 하나의 거짓을 낳고, 거짓이 거미줄처럼 엉켜지면 큰 사고와 사건으로 이어진다. 처음에 용기를 내어 정직했다면 불행은 거기에서 끝나고 뒷 마음은 평화로울 것이다. 공부, 친구 사귀기, 직업, 일, 타인과 관계 맺기, 재산 불리기 등에서 자신을 정직하게 바라보고 정직하게 표현하는 일이 중요하다.

둘째, 물질적인 단순함은 자신감이다. 집집마다 옷장에 옷이 가득 있고, 냉장고에 있는 음식들이 상해 나가도 만족을 못 느끼며 새 옷을 필요로 하고 더 맛있는 먹을 것들을 찾는다. 매일 쓰레기가 넘쳐나도 사람들은 모자란다고 아우성이다. 갈수록 비만인은 늘어가고, 가진게 적지 않으면서도 상대적인 박탈감으로 생을 스스로 마감하는 사람들이 늘고 있다. 하루하루 의미를 부여하며 삶을 멋지게 만드는 일에 그렇게 많은 옷도, 먹을 것도, 가구도, 물건도, 명품도 필요하지 않다는 것을 자연스럽게 깨닫는 길은 자신감이다. 필요한 것을 필요한 만큼만 사용하고 있으면서 전혀 불편함이 없고, 부족하다고 느끼지 않으며, 즐겁게 사는 사람은 자신의 삶에 자신감이 있는 사람이다. 작은 것이라도 다른 사람들에게 보여주기 위한 허세의 생활을 초월하는 삶이 여기에 해당된다. 그러기 위해서는 자신의 삶을 잘 관리하여 가치 있는 브랜드로 만들어서 자신과 타인을 귀하게 여기며 인생을 의미 있는 삶으로 바라보는 일이 중요하다.

셋째, 정서적인 단순함은 선(善)이다. 인간의 정서는 크게 희(喜), 노(怒), 애(哀), 락(樂)으로 나눈다. 선은 도덕적 기준에 맞는 올바르고 착한 행위를 말한다. 자신의 감정을 조절하지 못하여 화내고, 억울해하고, 슬퍼하고, 불안해하고 있지는 않는가? 선한 사람은 자신의 희, 노, 애, 락을 정직하게 표현하고, 사색하고, 기도하며 다른 사람의 희, 노, 애, 락에는 공감하여 표현하고 도움이 되는 일을 찾아서 실천한다.

위에서 말한 정직, 자신감, 선은 함께 융합하여 작용할 때 새롭고 멋진 내가 만들어진다. 솔직하게 말하고, 자신감 있게 행동하고, 선한 생각을 실행하는 사람은 참으로 하루하루를 맛있게 사는 사람으로서 삶에서 단순함을 운영할 줄 아는 사람이다. 이런 사람이 행복 바이러스처럼 가족과 사회와 인류를 행복하게 해 주는 사람이다.

전라매일신문, 2015.11.30, 최인숙 호원대학교 유아교육과 교수

무차無車 '상팔자'로다

'무자식 상팔자'라는 속어가 사전에 올라 있다. 자식 나아서 기르고 가르치고 논밭 떼어 신접살림 차려주고 손자가 생기면 돌봐 주어야한다. 손자가 안 생겨도 걱정이다. 아무리 말썽꾸러기 자식이고 장애가 있을지라도 감싸고 안아야 한다. 자나 깨나 자식 걱정이다. 자식이 많을수록 걱정은 그만큼 늘어난다. 옛날이나 오늘날이나 부모는 자식 때문에 온갖 고생을 다 감수한다. 기러기 아빠도 오직 자식 때문에 생긴 것이다. 오죽하면 자식 없는 것이 상팔자라 했겠는가. 이제 외자식 아니면 아예 아기를 갖지 않으려는 풍조마저 퍼져 나라가 걱정하는 시대가 되었다.

어디 자식뿐이랴? 법정스님(1932~2010)은 무소유가 행복이라 했다. 무엇이든 소유욕 때문에 고통이 따른다. 나는 무소유의 행복을 실감했다. "무소유란 아무것도 가지지 않는다는 것이 아니고 내가 사는 데 꼭 필요한 것 만 가지는 것이다."라고 스님은 말했다. 참으로 옳은 말이다.

내 몸의 일부처럼 17년간이나 함께 했던 자가용 승용차를 폐차시키고 자전거로 갈아 탄 지 1년 3개월이 되었다. 그간 자동차 주행거리 27만 8천km 실로 지구를 일곱 바퀴나 도는 거리를 함께 다닌 것이다. 폐차장에서 폐차서류에 서명을 하고 나오면서 몇 번이고 차를 어루만졌다. 떡을 사서 차위에 올려놓고 합장을 했다. 눈시울이 뜨거워졌다. 화장장에서 시신과 이별하는 것과 별반 다를 바 없었다.

이제 자전거가 나와 한 몸이 되었다. 자전거는 나의 교통수단이자 운동기구이고 레저용구다. 그야말로 나에게 없어서는 안 될 다용도 생활용구인 셈이다. 한번은 우연히 한동네 사는 지인과 같은 모임에 나가게 되었다. 그는 승용차로 나는 자전거로 거의 동시에 출발했었다. 그런데 내가 먼저 도착했다. 이유는 간단했다. 나는 골목길 지름길로 신호등을 피해서 달려온 것이고 승용차는 찻길로 오니 막히고 신호등에 걸리고 또 목적지에 도착해서도 주차할 곳 찾느라고 두리번거리며 시간을 다 허비해 버린 것이다. 이동 거리는 불과 2km 정도다. '모름지기 모든 생활용구는 용도에 따라 적절히 쓰여 져야 한다.'는 교훈을 일께워 주고 있는 셈이다. 남의 집 청소를 하러 다니는 일용근로자가 작은 승용차를 가지는 것은 사치가 아니다. 생계가 달려있는 도구이기 때문이다.

나도 당시 60리 길 부임지 발령을 받고 출퇴근용으로 어렵게 승용차를 구입했었다. 그리고 차가 없으면 생활이 마비되는 줄 알았다. 퇴직 후에도 여전했다. 그러자 작은 접촉사고로 단골 카세터에 갔더니 수리비가 만만치 않았다. 바로 이제 '그만 타라'는 신호인 것 같았다. 과감히 폐차를 선택했다. 자전거를 타보니 이렇게 편리하고 좋은데 승용차에만 집착했던 나의 우둔함이 스스로 부끄럽게 여겨졌다. 자동차가 없으니 첫째로 달랑달랑하던 지갑 사정이 나아져 마음이 여유로워졌다. 천변의 자전거길, 호수산책길 숲속 오솔길, 여기저기 아기자기한 골목길 자전거로 달린다. 저 맑은 바람 들꽃 향기 시장 통 사람 사는 거리 풍경 등 자전거가 다 실어다 준다. 나는 자전거 주인이다. 세상의 주인이다. 아! '무차 상팔자'로다.

전북매일신문, 2015.10.29, 은종삼 수필가

비우기 채우기

아이들이 고등학교에 들어가고 나서 거실 한 켠에 무거운 갈색 갑옷을 입고 버티고 있던 피아노를 처남에게 주어버렸다. 아이들이 어렸을 적에 적지 않은 부담을 감수하고 들여놓은 것인데 쓰지 않은 지 몇 년이 지난 애물단지나 다름없는 것이었다. 아이들의 고사리 손에서 묻어나는 추억어린 정 때문에 처분도 못하고 끌어안고 살고 있었던 계륵같은 존재였다.

막상 주고 나니 빈자리만큼이나 허전했지만 앓던 이 빠진 양 후련하기도 했다. 집안을 뒤져보면 그동안 내가 구속하고 있는 잡동사니들이 여기저기 자리를 잡고 있다. 집안 여기저기에 잠자고 있는 계륵들을 보면 대충 다음과 같이 분류 된다.

첫째는 언젠가 분명히 쓸 일이 있을 것 같은 기대감에서 움켜쥐고 있는 것이다. 하지만 그런 기대에도 불구하고 수년간 한 번도 쓰지 않은 것들이 많다. 이사할 때 한번씩 눈에 띄는 낯선 물건도 있다.

둘째는 영원히 기념하여 간직하고픈 소장품 들이다. 선물로 받은 열쇠고리는 서랍에 가득하고 해외여행 때마다 사 모은 토산품들은 기념품 가게를 방불케 한다. 특히 아이들의 성장 과정에서 생긴 자료들은 애지중지 아끼는 소장품들이다. 아이들이 크면 유산으로 물려줄 양 고이 간직되어 있다.

셋째는 남에게 보이고 싶은 소위 자기 과시형 물건들이다. 사방 벽에 걸고도 남을 그림과 글씨 액자들이 아직 포장도 풀지 못한 채 구석을 차지하고 있다. 고가품은 아까워서, 귀중품은 손상될까봐 꺼내놓지도 못하는 딱한 물건도 우리 집의 숨통을 막히게 하는 주범들이다.

그 자리에 공간이라는 여유가 있어야 제격일 자리에는 어김없이 버리지 못해 채워져있는 나의 욕심들로 가득하다. 그 물질을 소유했다고 해서 나의 신분이 높아지는 것도, 나의 인품이 더 고매해 지는 것도 아닌데, 없으면 왠지 초라하고 허전할 것 같은 부유 강박증에서 벗어나지 못하고 있다.

나는 그동안 병을 앓고 있었다. 시원하게 배변하지 못하는 마음의 변비로 생긴 소화불량성 과다보유증이었다. 아까워서 버리지 못해 자각 증세 없이 서서히 찾아와 생긴 만성 옹졸증 이었다. 이제 보니 처방은 의외로 간단했다. 버리면 될 걸! 큰 나무들은 봄의 찬란한 희망을 싹틔우기 위해서 겨울동안 모든 것을 버리며 기다리는 지혜를 가졌다. 비우는 만큼 채울 수 있다는 진리를 봄과 함께 새겨봐야겠다.

새전북신문, 2016.3.30, 권영동 객원논설위원

삶의 완성, 死

우리는 나만의 인생화(人生花)를
더욱 예쁘고 탐스럽게 피우도록 해야 할 것이다

우리는 누구나 죽는다. 이는 피할 수 없는 자연의 섭리다. 특히 에덴동산의 선악과를 따먹은 후로는 더욱 분명한 사실이 되었다. 그야말로 '아무리 통곡해도 죽은 자를 무덤에서 불러 다시 세울 수 없다', '오늘은 내 차례이고 내일은 네 차례이다', '죽음은 귀머거리다', '죽음은 의사를 무시한다'라고 함은 어찌해 볼 수 없는 죽음과 관련된 격언들이다. 이처럼 백 년을 살지 못하면서도 마치 천 년을 살 것처럼(人無百歲 枉作千年計) 피터지게 싸우다가 마침내는 목숨까지도 잃게 된다.

인간들의 어리석음, 과연 그 끝은 어디까지일까? 하는 감상에 젖기도 한다. 그러나 죽음에 대하여 분명한 것은 누구나 다 죽되 그 순서가 없으며, 대신 죽을 수 없고 더욱 그를 경험할 수도 없다. 물론 그에 대한 치료약도 없으며, 죽을 때에 아무 것도 가져가지 못한다는 것이다. 그야말로 사람은 혼자 나서 혼자 죽고, 혼자 가고 혼자 맞게 되는 죽음의 법칙이 철저하게 적용된다.

이는 누구나 다 겪는 영원불변의 진리지만 사람들은 이 죽음 따위엔 아랑곳하지 않는다. 마치 나는 예외로서 영원히 살 것처럼 갈망하며 행동한다. 이 욕심은 자칫 숭고한 죽음마저도 욕되게 하는 삶을 살게 만든다. 삶은 죽음에 의해서 완성됨에도 이런 경우는 깃털보다도 더욱 가벼운 죽음을 맞이하게 된다. 그래서 수치스러운 죽음이나 무의미한 죽음 그리고 부당한 죽음 등은 우리를 더욱 안타깝게 한다.

위나라의 양혜왕은 땅에 대한 욕심 때문에 전쟁에서 패하자(梁惠王以土地之故 爛其民而戰之 大敗) 이기지 못할까를 걱정한 나머지 사랑하는 자신의 아들(申)을 전쟁에 내몰아서 죽게 하였다(將復之 恐不能勝 故驅其所愛子弟以殉之). 말이 4000필이나 될 정도로 백성은 안중에도 없이 자신의 재물만 탐하다가 세상을 떠난 제나라 경공(齊景公有馬千駟 死之日 民無德而稱焉) 역시 수치스럽게 살다 간 본보기가 된다. 이는 세상 사람들의 입술에 계속 오르내리니 생각할수록 무서운 일이다.

그래서 두려운 것은 단순한 죽음이 아니라 수치스러운 죽음이라고 했던가 보다. 또 자로는 지나친 용맹 때문에 부자간의 왕권 다툼인 위나라 공회(孔悝)의 난(亂)에 관여하였다가 반란군의 칼에 죽는다. '용맹이 지나쳐 제 명(命)까지 살지 못할 것이다(若由也 不得其死然)'라고 한 스승 공자의 예언대로 무모한 죽음을 맞이한다. 그리고 간신 조고(趙高)와 승상 이사(李斯)는 진시황이 객사하자 권력욕에 눈이 멀어 황제의 유서를 위조한다. 인류 역사상 초유의 일이다. 그 결과 둘 째 아들 호혜(胡亥)를 2세 황제로 옹립하면서 장자 부소(扶蘇)는 변방으로 내몰아 자살토록 한다. 이

사는 법가의 대가이면서도 법을 위반하여 부소 및 그 주변의 수많은 사람들을 죽인다. 부당하면서도 억울한 죽음의 예가 된다.

반면에 인생을 행복하게 살면서 가치 있는 죽음을 맞이한 경우도 보게 된다. 천수를 누리면서(壽) 풍요로운 가운데(富) 편안하고 건강한 삶(康寧)과 선행의 덕을 쌓으며(攸好德) 우환 없이 죽음을 맞이하는 것(考終命), 이것을 옛 사람들은 오복(五福)이라 했으니 행복한 죽음이 바로 이에 해당한다고 하겠다. 귀신들마저도 부러워하는 삶의 전형이다.

이와 함께 매우 의미 있는 죽음들도 있다. 위기에서 나라를 구한 이순신의 죽음(?見利思義 見危授命), 어려운 처지에 빠진 사람을 구한 의로운 죽음(殺身成仁), 절개를 지키다가 굶어 죽은 백이숙제의 죽음(求仁得仁) 등은 가치 있고 명분 있는 훌륭한 죽음들이다. 아무도 그의 뜻을 빼앗을 수 없는 (臨大節而不可奪也) 바람직한 죽음이자 존경받는 희생으로써 인생을 명예롭게 한다.

잘 보낸 하루가 행복한 잠을 가져오듯이, 잘 살아온 인생은 행복한 죽음을 가져온다. 그렇다면 행복한 죽음을 위해서는 어떻게 해야 하는가?

늘 우리를 고민하게 하는 화두가 되고 있다. 죽음이 불가피하다면(自古皆有死) 우리는 대담하게 운명을 맞이하되 죽음이 삶의 완성이 되게 해야 할 것이다. 인생을 운명에 맡기지 말며, 올바른 삶을 살아야 한다. 오래 사는 것이 중요한 것이 아니고 얼마나 잘 살았느냐의 문제가 사후를 평가한다. '사는 동안 자신이 기쁨을 찾았느냐? 그리고 남을 기쁘게 했느냐?' 천국에 가면 질문에 답해야 하는 것으로 영화 '버킷리스트(Bucket list:죽기 전에 꼭 해보고 싶은 것들)'는 주인공을 통하여 일러준다. 삶도 모르면서 어떻게 죽음까지 알려고 하느냐(未知生 焉知死)라고 공자도 가르쳤듯이 현실에 충실할 것을 주문한다. 지극히 평범한 일상의 도리(至人只是常)에 순종하면서, 마음을 진실하게 갖고(人心一眞), 매사에 조심(操心)하고 경계(警戒)하며 겸손(謙遜)을 생활화하는 것이다. 여기에 자신이 짊어진 스스로의 사명을 완수한다면 그 꽃은 더욱 아름다워 죽은 후에도 많은 사람들이 오래도록 기억할 것이다.

고결하면서도 태산보다도 더 무거운 삶, 그것도 순수한 자신의 삶을 살았다면 그보다 더 가치 있고 행복한 죽음이 또 어디 있겠는가! 우린 숨을 쉴 때마다 매번 삶을 저주하면서도 실상은 죽음을 두려워한다. 죽음 뒤의 생이 어떤 것인지도 모를 뿐만 아니라 현생에 대한 애착 때문이 아닐까? 개똥밭에 뒹굴어도 이승이 더 낫다는 애기다. 그렇다면 일상의 매일 매일, 더 작게는 지금 이 순간순간들을 더욱 치열하게 살아야 하는 게 아닌가? 그래서 사람이 죽은 다음에만 만개하는 이 꽃, 우리는 나만의 인생화(人生花)를 더욱 예쁘고 탐스럽게 피우도록 해야 할 것이다.

전라매일, 2015.08.05, 양태규 옛글21 대표

삶의 끝자락에 후회하는 것들

연말이 가까이 다가올수록 우리 마음은 한해를 쭉 돌아
보게 된다. 보통 열 사람의 칭찬보다 한 사람이 건넨 상처
의 말이 두고두고 가슴에 남듯, 한 해를 돌아보면 좋았던
일보다 후회되거나 가슴 아팠던 순간들이 마음속 사진이
되어 오랫동안 선명하게 남는다. 한 해를 돌아보는 마음도
이럴진대 한 일생을 돌아보는 마음은 오죽할까?

며칠 전 몸이 급격히 안 좋아지신 지인의 병문안을 가
게 되었다. 한창 나이인 50대에 갑자기 큰 병을 얻어 투병
생활을 하시던 중 승려인 나를 꼭 한번 만나고 싶다는 전
갈이 와서 찾아뵙게 되었다. 종교인은 일반 사람들보다 이
런 만남에 익숙하고 죽음과도 친숙한 편이지만 죽음을 목
전에 둔 분들과의 만남은 솔직히 쉽지 않다. 그 분에게 이
시간이 어떤 의미인지 누구보다 잘 알고 있기 때문이다.

그 분을 뵙자마자 나도 모르게 그 분의 손을 꼭 잡고 눈
을 바라보았다. 손에서 전해오는 따뜻함과 세상에 대한 경
계를 풀어놓고 무장해제한 소년의 눈빛에서 그분의 마음
이 느껴졌다. "가족이나 친한 사람들에게 하시고 싶은 말
씀은 다 하셨어요?" 내 질문에 그분은 주저하며 말씀하셨
다. "아직 못했어요. 어떻게 해야 하는지 방법을 잘 몰라
서 ---" 우리나라 가장들이 대부분 그렇듯 그분 역시 가

까운 이들에게 마음을 표현하는 것에 익숙하지 않았다. "고마웠다는 말, 미안했다는 말, 사랑한다는 말, 잘 하시려고 하지말고 그냥 하시면 돼요. 괜찮아요." 고개를 끄덕끄덕 하신다.

"혹시 가슴속에 담아둔 미워하는 사람이나 용서를 구해야 하는 사람이 있으세요?" 내 물음에 잠시 생각하시더니 "살면서 적을 만들지는 않아서 특별히 떠오르는 사람은 없어요." 하신다. 참 다행이다. 편안하고 아름다운 생의 마무리는 마음속에 쌓아두었던 찌꺼기가 없어야 하는데 천만다행이었다. "그런데요 스님, 지금 와서 후회되는 게 한 가지 있어요. 내가족과 건강을 뒤로하고 너무 일만 열심히 한 것 같아요. 쉴 줄도 모르고 놀 줄도 모르고, 왜 그렇게 바쁘게만 살았는지 모르겠어요."

우리는 보통 열심히 사는 것을 덕으로 여기지만 죽음 앞에서 돌이켜보면 도대체 무엇을 위해 그렇게 쉬는 날도 없이 일만 했는지 강한 허탈감을 느끼게 된다. 이 점은 동서양을 막론하고 죽기 전에 하는 가장 흔한 후회 중 하나라고 한다. 좀 편안해져도 되었을 텐데. 좀 행복해져도 되었을 텐데. 평생 어딘가를 향해 달려가기만 했지 왜, 무엇을 위해 어떻게 달라지는 지는 묵상해보지 못했던 것이다.

가만히 보면 열심히 살아야 먹고살 수 있고 내 가족이 행복할 수 있다는 막연한 생각으로 그렇게 달려왔을 것이다. 돈을 벌어야 하니까. 그래야 나와 내 가족이 하고 싶은 일을 하며 편안히 살 수 있으니까. 그렇게 평생 일을 놓지 못하는 것이다. 하지만 긍정심리학자들에 따르면 돈이 행복의 절대 조건은 아니라고 한다. 절대 빈곤층에는 돈이 행복에 아주 중요한 요소가 되지만 어느정도 먹고 살만큼 가지게 되면 어느 순간부터는 돈이 행복을 결정하는 데 큰 영향을 주지 않는다고 한다. 오히려 돈만을 좇게 되면 도중에 멈출수 없는 일종의 중독 현상이 일어나 행복과는 오히려 점점 더 멀어지게 된다.

"스님, 평생 가족과 제대로 된 여행 한번 가보지 못한 것이 후회가 됩니다. 일만 한다고 친구들과 관계가 소홀해진 것 역시 안타까워요." 그분의 눈가가 젖어들었다. 앞만 보고 달려오느라 주변을 둘러보지 못했던 것에 대한 후회의 눈물인 듯 했다. "거사님, 지금이라도 가족과 대화를 많이 나누세요. 친구들에게도 연락을 기다리지 말고 먼저 전화를 하시고요."

긍정심리학자들의 말에 따르면 돈이나 일보다 더 중요한 행복의 요소는 끈끈한 관계에서 오는 행복감이다. 친한 친구들이 주변에 항상 다섯 명 이상 있는 사람들은 그렇지 못한 사람들보다 훨씬 더 행복하다고 느낀다고 한다. 그래서 혼자 지내는 외톨이 생활보다는 봉사단체나 종교단체, 운동모임 등에 속하기를 권유하기도 한다. 많은 이들이 주변을 살필 겨를도 없이 통장에 돈이 많이 쌓이면 곧 행복해질 거라 생각한다. 하지만 그 돈으로 여행과 같은 경험을 사는 것이 훨씬 더 행복한 일이다. 물론 평생 쌓을 줄만 알았지 쓸 줄은 모르는 보통의 우리에게는 쉽지 않은 일이다.

그분께 곧 다시 찾아뵙겠다는 인사를하고 나오면서 만약 내가 내일 죽는다 해도 후회하지 않을 자신이 있는지 자신에게 물어보았다. 지난 한 해 동안 나 때문에 서운했던 사람은 없는지. 그리고 고맙다는 말, 미안하다는 말, 사랑한다는 말을 가슴속에 담아두고 하지 못했던 것은 아닌지 돌아보게 된다.

중앙일보, 2013.12.27, 혜민 스님

생기 있게 - 바람이 불면 바람을 타고

흔히 젊다, 젊어 보인다는 말을 원한다. 나는 외양이 젊어 보이게 사는 것보다 생기 있게 살고자 한다. 생기. 그야말로 정신과 육체가 생생하다는 것이다.

인생에 파란(波瀾) 없으면 생기도 없다. 파란은 세상을 제대로 보게 하고, 살아갈 길을 고심하게 한다. 두려움을 버리고 용기를 내게 한다. 허상의 꿈을 버리고 열심히 살아내고자 생기를 띤다.

인생의 난관을 개척한 사람들은 많다. 링컨은 책 한 권 사보기 어렵게 가난했어도 미국의 대통령이 되고 역사적 인물이 되었다. 가진것 많아서 편히 먹고 노는 사람이 위험을 무릅쓰고 도전하여 아메리카대륙을 발견할 수 있었을까. 발명으로 번 돈으로 희희낙락 놀기만 한 에디슨이었다면 '인간이 만든 빛'과 '소리를 가두는 기계'를 발명했을까. 오스트레일리아는 범죄자들이 개척한 낙원이다. 시베리아로 가는 길은 죄수들이 열고, 시베리아 감옥은 위대한 고골리, 이반 부닌, 솔제니친의 문학 산실이 되었다. 현재 최대강국 미국은 유럽의 아웃사이더나 실패자, 도망자들이 개척한 땅이다. 등 따숩고 배부른 자가 편하기는 할지라도 인생을 생기 있게 살기는 심히 어렵다.

재산이 넉넉하고 생활이 안정되면 일상도 굴곡 없이 그

럭저럭 산다. 살찐 몸은 움직이기 싫어하고 편안함을 얻은 정신은 새로운 공부를 생각하지 않는다. 생기를 잃는 지름길이다. 구태의연(舊態依然)한 사고는 유행이 지나거나 낡아 빠진 옷과 다름없다. 정신도 영혼도 헌것을 버리고 호기심과 담대함으로 도전해야 한다. 생기 있게 사는 방법이다.

나는 인생무대에서 내 역할이 시시하다고 불평하지 않았다. 단지 내 역할이 스쳐 지나가는 단역임을 알지라도, 그 역할에 열중해서 신나고 멋지게 연기하고자 최선을 다했다. 인생이란 워낙 공평하지 않은 법이다. 그러나 재산도 권력도 학력도 무대의 소품인 걸 아는데, 소품 없다고 연기를 못하랴. 나는 인간이건 재산이건 비굴하게 야비하게 지니느니, 미련 없이 버렸다. 자신을 열두 번도 더 실험하며 도전했다. 파란 고난이 생기 있게 사는 비법이었다.

어떤 이는 돈을 좇는 개 같다. 돈을 좀 물고 있다기로서니 개 같은 사람을 좋아하는 사람은 없으렷다. 어떤 이는 명예를 쥐려고 안달복달한다. 인생을 지혜롭게 관조할 새 없이 나분대니 몸이 중병에 걸리는데 비싼 옷 걸치려 애쓰는 꼴이다.

어떤 이는 행복을 담으려고 광주리를 이고 뛴다. 이미 빛과 세상이란 행복을 주었건만 없는 열매 찾느라 시지포스처럼 살고 있다. 지천명을 넘은 나이에도 깨닫지 못하면 어리석은 사람이다. 높이 올라가지 않으면 떨어질 염려가 없다.

저승으로 가지고 갈 거 없으니 있는 것만으로도 넘침을

알고 있다. 바닥에서 안정되게 살고 있으니 굴러 떨어질 일도 없고 넘어져도 추락할 일이 없다. 허덕허덕 가지려고 애쓴 젊은 날보다 지금에, 가진 것이 너무 많다. 비울 것, 버릴 것이 태산만큼 많다. 생활이 살찌다 보니 생기를 잃어버릴까 우려한다.

배가 고프면 간절히 먹고 싶어진다. 참 외로우면 사람냄새가 그리워진다. 아픔이 오면 아픔을 이기려고 기를 쓴다.

바람이 불면 바람을 타고 비가 내리면 비를 맞으리라. 햇빛 찬란하면 찬란하게 노래하리라. 살아있는 한 생기 있게 살리라.

전북도민일보, 2016.04.01, 김용옥 수필가

솔직해야 오래 산다

아내가 제일 싫어하는 남편의 모습이 밖에서는 아이들이 뛰고 장난치느라 난장판인데 혼자 조용히 자기 서재에 들어가 음악이나 들으며 책을 읽는 남편의 뒤통수라고 한다. 그래서인지 어느 일요일, 모처럼 음악을 틀어놓고 독서 삼매경에 빠져 있으면 나 역시 곱지 않은 아내의 눈빛을 느껴져 뒤통수가 따가워진다. 다둥이 아빠인 나에세 책읽기는 밀려드는 죄책감을 끊임없이 억누르며 책상에 앉아 있어야만 하는 고되고 힘든 작업이다. 그래도 나는 책읽기를 좋아한다. '사람은 질문을 던지기 위해 무언가를 읽는다'는 카프카의 말을 신봉하기 때문이다. 가끔 "나한테 책읽기는 일종의 직업훈련이야. 의사는 면허증으로 하는 게 아니고 끊임없이 공부하고 사람에 대한 이해를 넓히고 나를 키워야 하는 직업이라고!"라고 항변하면 아내는 헛웃음을 치며 이렇게 말한다.

"왜 그러세요, 그거 당신이 좋아서 하는 거잖아요. 좀 솔직해져 보시라고요."

아내는 쉽게 동의하지 않지만 아무리 솔직히 말해도 책읽기는 절대 사사로운 개인적 취미활동이 아니다. 취미활동은 남는 시간에 하는 것이고 내 책읽기는 '꿈'을 이루기 위해 시간을 내서 하는 공부의 과정이기 때문이다. 만약 그 꿈이 더 큰 출세와 성공이 아니라 직업적 소명과 도덕적 삶의 자세 같은 것이라는 이유로 비난한다면 필자 역시 더는 할 말이 없지만….

사전적으로 보면 솔직하다는 말은 '거짓이나 꾸밈이 없이 바르다'는 뜻이다. 솔직하다는 말을 들으면 필자는 먼저 거울이 생각난다. 거울은 정말 가감 없이 나를 비춰서 나를 적나라하게 돌아보게 한다. 그래서 도박이 벌어지는 카지노 객장에는 자기 자신의 모습을 보지 못하도록 아예 거울을 없앴다고 하지 않던가.

그런데 우리 주변에는 '솔직함'이라는 거울을 자신을 돌아보는 대신 남의 허물을 비추는 데만 유용하게 쓰는 사람들도 있다. 예전에 같은 직장에 근무하던 동료 의사가 그런 경우였다. 세상이 온통 불만투성이인 그는 환자에게 행해지는 모든 치료나 시술에 대해서도 "솔직히 이거 돈 벌려고 하는 게 아니야? 솔직히 이거 효과나 있어?" 라는 말을 서슴치 않았다. 몸이 좋지 않은 직원에게 잠시 쉴 것을 권유하는 원장님을 두고도 "솔직히 원장이 월급 나가는 거 아끼려고 저러는 거 아니야. 사람 좋은 얼굴로 얘기하지만 솔직히 말하면 저거 다 쇼야"라고 폄하했다. 그의 이야기를 귓등으로 흘리며 필자는 '솔직함'이란 거울이 타인이 아닌 자신의 본 모습을 비출 때 더 큰 가치가 있다는 생각을 하곤 했다.

진실은 겉으로 보이는 것이 전부가 아닐 때도 있다. 그런데 '솔직히'라는 말을 앞세워 어느 일면을 전체인 것처럼 부풀려 남을 비난하고 공격하는데 이용하는 사람들이 의외로 많다. 그런 이들이 말하는 솔직함이란 기껏 자신의 열등감에 대한 포장이거나 남이 잘되는 것, 남이 칭찬받는 것에 대한 시기심을 감추려는 도구일 뿐이다. 그래서 필자는 "솔직히…"를 입에 달고 사는 사람들을 별로 좋아하지 않는다. 경험에 의하면 진짜 솔직한 사람은 '솔직히'라는 말을 잘 사용하지 않는다.

어떤 면에서 보면 사람의 몸도 솔직하지 않은 경우가 많다. 주변에 보면 이전까지는 어떤 증상도 없었는데 어느 날 속이 거북해서 병원에 갔더니 이미 위암말기 판정을 받았다는 분들이 있다. 또 무거운 물건을 들다 허리가 삐끗해서 병원을 찾아온 환자 중에도 증상이 쉽게 호전되지 않아 MRI를 찍어보면 이미 협착증이나 디스크가 상당히 진행되어 있는 경우가 많이 있다. 뇌졸중 역시 혈관 속에서 동맥경화가 자신도 모르게 서서히 진행되다가 어느 순간 갑자기 찾아온다. 그런 환자들을 볼 때마다 필자는 차라리 솔직하게 초기부터 병의 증상이 심하게 발현되었더라면 좋았을 것이라 부질없는 생각을 해본다. 우리의 몸이 조금 더 솔직했더라면 증상이 심해지기 전에 알아차릴 수 있지 않았을까.

그러나 뇌졸중 같은 병들도 전혀 증상이 없는 것은 아니다. 몸에 이상이 나타나면 끊임없이 우회적으로 미세한 신호를 우리 몸에 보낸다. 그걸 제때 알아차리지 못하는 것은 자신의 거울에 내 몸이나 생활습관을 '솔직하게' 비춰

보지 않았기 때문이다. 자신을 비추기보다 항상 타인의 생활, 타인의 물건에 더 집중하다 보니 언젠가부터 우리는 자신에게 집중하는 진정한 의미의 솔직함을 잃어버렸다.

더불어 사는 사회에서는 타인을 의식하지 않을 도리가 없다. 하지만 항상 남의 시선을 의식하고 남이 가진 것, 누리는 것에 시선을 빼앗기기보다 자기 자신을 뒤돌아보고 몸에 정중하게 말을 거는 솔직한 시간을 지켜보는 것이 건강을 지키는 방편이다. 우리가 진정으로 '솔직해야 할'대상은 타인이 아니라 바로 자기 자신이기 때문이다.

새전북신문. 2017.6.2. 김재엽. 전주 우리병원 원장

84세 이시형 박사 건강 비결은
'내 몸에 감사' 아침 명상

신경정신과 전문의 이시형 박사는 50대 들어서며 '자연 의학'에 관심을 가지게 됐다고 한다. 약물 치료의 한계를 느꼈기 때문이다. 건강에 문제가 되는 것은 생활습관이고, 그중에서도 마음습관이 중요하다고 했다.

올해 84세인 신경정신과 의사 이시형 박사는 매일 아침 명상을 하는 것으로 하루를 시작한다. 건강 장수의 비결을 묻자 "특별한 비결은 없다"면서 "대체로 규칙적인 생활을 한다"고 했다. "기계적으로 시간을 맞추는 규칙은 아니고 대충 규칙적"이라며 그 중 중요한 것으로 스트레칭과 명상을 꼽았다.

일어나면 편안히 앉아 발 주무르며
"수고했다, 고맙다, 조심할게 … " 암송
높은 이상 가지니 감기 한번 안 걸려
생활습관·마음가짐이 가장 중요
햇볕 받으며 천천히 숲속 걷기
행복 유발물질 세로토닌 활성화
"아침 일찍 일어나 스트레칭과 명상을 합니다. 30분 정도. 그게 건강의 비결이라면 비결입니다."

지난 30여 년간 그는 '이시형 박사'로 통하며 대한민국을 대표하는 정신과의사로 꼽혀왔다. '국민 의사'로 불리며, 정신 건강과 자기 계발, 자녀 교육 등에 관한 많은 베스트셀러를 출간하기도 했다. 어느새 80을 훌쩍 넘겼지만 나이보다 훨씬 젊어 보이는 그가 제시한 '건강 상식'이 명상인 셈이다.

좋아하는 구절 외우는 '이시형 명상'

어떤 명상을 하냐고 묻자 '이시형 명상'이라고 했다. "어느 틀에 메인 게 아니고, 아침에 일어나면 우선 내 몸에 감사하고 발을 주무르며 명상을 시작합니다. 반가부좌를 편안하게 하면서 내 속으로 외우는 구절이 있습니다. 그걸 외우며 명상을 하죠."

그가 발을 주무르면서 속으로 묵상하는 구절은 "수고했다, 고맙다, 조심할게, 잘 부탁해"라고 한다. 하루에 생활을 하다 보면 발이 제일 고생을 하니까 그런 말을 한다고 하는데, 발을 대상으로 했을 뿐이지 눈여겨 봐야 할 것은 감사하고 고마워하며 조심하는 마음가짐으로 하루를 시작한다는 것이다.

이 박사는 『홍당무』로 유명한 프랑스 소설가 쥘 르나르의 아침 묵상 기도를 좋아한다고 했다. 쥘 르나르는 매일 아침 눈을 뜨며 이렇게 묵상했다고 한다. "눈이 보인다. 귀가 즐겁다. 몸이 움직인다. 기분도 괜찮다. 고맙다. 인생은 참 아름답다."

묵상하는 구절이 무엇인지는 저마다의 상황에 맞게 만들어갈 수 있을 것 같다. '이시형 명상'을 그가 만들었듯이 누구나 자기만의 명상을 만들고 좋아하는 구절을 암송하면 된다는 얘기다.

그가 명상을 처음 알게 된 것은 경북고와 경북대 의대를 다니며 가정교사를 할 때였다. 1950년 중후반에 있었던 '옛날 이야기'다. 그가 가르치던 학생과 함께 방학 때 해인사에 가서 머문 적이 있었는데 그때 스님들이 하는 참선을 호기심을 가지고 바라봤었다고 한다. 직접 명상을 한 것은 한참 후의 일이다.

"50~60년대에도 명상이란 말은 있었지만 일반사람들이 많이 하지는 않았고, 불교에서 하는 종교의식이 지배적이었지요. 이후 미국 학자들이 명상의 효과에 대한 연구와 뇌과학이 발달하면서 달라집니다. 90년대 들어와 미국에서 '뉴잉글랜드 프론티어 사이언스 그룹'이 등장해 '명상은 증명된 과학'이라고 선언한 것이 결정적입니다. 그 그룹이 달라이라마 경을 초청해 뇌파 검사를 했는데 보통 사람들의 뇌파와 전혀 다른 뇌파가 나온 것을 보고 다들 놀랐죠. 저도 그 영향을 받았습니다."

21세기에 유행하는 현대 명상은 '마음챙김(Mindful-ness)' 명상이다. 불교 참선에서 유래했지만 종교색을 배제하고 실용적으로 바꾸었다. "원래 불교 참선은 깨달음이 목표인데 마음챙김 명상은 우리의 마음이 편안함을 지향합니다. 그런 차이가 있습니다. 미국에서 유행한 마인드

풀니스는 실용적이어서 구글이나 애플같은 세계적 IT 기업의 직원들이 해보고 도움이 되니까 확산된 것입니다."

현재 이시형 박사의 직함은 세 가지다. 세로토닌문화원 원장, 힐리언스 선마을 촌장, 한국 원장 등. 세 단체가 모두 명상과 관련 있다. 2007년 강원도 홍천에 설립한 '힐리언스 선마을'은 명상 센터다. 매주 1회 이상 선마을에서 그가 특강을 하는데 강연의 포인트는 생활환경과 습관의 개선이다. "건강에 제일 문제가 되는 것이 생활환경과 습관이죠. 당뇨·고혈압·암이 다 거기서 오는 것입니다. 그것을 잘 조절하면 되는데 한국 사람들이 제멋대로인 경우가 많아요. 식습관, 운동습관, 마음습관, 생활리듬습관에 대한 조절 연습을 하는 겁니다."

한국인 세로토닌 부족 … 감정 과잉 사회 문제

따뜻한 햇볕을 받으며 가볍게 산책해보라고 권하는 이시형 박사.

한국인은 감정 조절 능력 부족에 대해서도 지적했다. "한국인은 감정 조절이 잘 안 되는 것 같습니다. 도로에서 보복 운전 같은 것이 그렇고, 국회도 그렇고, 노사분규도 그렇고, 모두 너무 감정적입니다. 감정 조절이 잘 안 되면 문화적 성숙도가 떨어지게 되죠."

그는 병에 대한 예방을 강조했다. 개인과 사회에 모두 적용된다. 인류 사회를 위한 높은 이상을 가져보는 일도 필요하다고 했다.

"많은 사람들이 자기 생활관리를 못해 병에 걸리는 겁니다. 그걸 내가 예방해보고 싶다는 생각을 내 나이 40대 후반부터 했어요. 작년 세계적인 잡지 '네이처'에도 연구 논문이 나왔듯이 높은 이상을 가지고 있으면 그 이상이 실현될 때까지 병도 걸리지 않고 늙지도 않습니다. 그걸 위해 책도 쓰고 강연도 하고, 내 나름대로 의사로서 이상을 실현하려고 한 것이죠. 그때부터 오늘까지 감기몸살 한 번 걸려본 적 없습니다. 인류사회를 위한 이상을 추구하는 것도 건강에 중요합니다. 그러면 피곤하지도 않습니다."

예방을 위해 필요한 것은 '밝고 긍정적인 마음'이다. 밝고 긍정적인 마음은 명상이 추구하는 목표이기도 하다. 명상을 통해 우리의 마음을 밝은 쪽으로 바꿔 갈 수 있다고 했다. 뇌과학에서 말하는 '뇌 가소성' 이론이 그것이다. 뇌를 바꿀 수 있다는 것이며 가장 쉬운 방법이 명상이라고 했다.

"명상을 하면, 행복과 사랑의 뇌 신경물질이 많이 분비됩니다. 세로토닌과 옥시토신이 그것입니다. 생활습관을 개선하는데 '마음 습관'이 제일 중요하죠. 한국인은 세로토닌이 부족해서 여러 사회병리적인 문제가 생긴다고 볼 수도 있습니다."

이시형 박사는 그동안 실체가 없다고 여겨지던 '화병'을 세계적 정신 의학 용어로 등재시킨바 있다. 미국 정신의학회는 화병을 우리나라 발음을 따 'hwabyung'으로 표기하고 있다. 화병이 일종의 '한국 정신병'으로 간주된다고 볼

수도 있다. 세계적으로 유명해졌다고 해서 그리 좋아할 일
만은 아니다. 화병의 치유책으로 호흡 명상이나 걷기 명상
이 권장된다. 호흡을 조절하면서 분노를 가라앉히는 것이
다. 그가 세로토닌문화원을 만든 이유이기도 하다. 세로토
닌 활성화를 위한 일종의 공익사업도 진행하고 있다.

"예컨대 중학생들이나 국군을 위해서 '드럼'을 만들어 보
내는 식이죠. 리드미컬한 운동을 하면 정서가 안정되어 세
로토닌이 분비됩니다. 화를 조절하는 신경물질이 세로토
닌입니다. 옛날 화병 난 사람이 가슴을 친다거나 신세타령
을 하며 넋두리 하는 것이 리드미컬한 행위와 관련됩니다.
가슴을 치다가 세로토닌이 분비되는 겁니다. 북소리 들으
면 즐거워지는 것도 세로토닌 효과죠. 삼성생명 임직원들
의 후원을 받아 현재 230개 중학교에 보냈습니다."

일상생활에서 세로토닌을 활성화하는 방법으로 그는 간
단한 호흡 명상을 추천했다. 따뜻한 햇볕을 받으며 가볍
게 산책을 하듯이 천천히 걸으면서 걷기 명상을 하면 더
욱 좋다고 했다.

중앙일보, 2018.9.15. 배영대 문화선임기자

3부

마음으로 보다

어머님

　어머님! 어머님께서 자나 깨나 심혈을 기울여 키워주신 큰아들 두성이가 어머님 영전에 섰습니다. 그동안 쏟아주신 어머님의 정성과 사랑에 보답해야 한다는 마음을 갖고서도 생활에 쫓겨 차일피일 미루며 지내 왔습니다. 그런데 돌아가신 영전에서 지금까지 불효가 실감이 납니다.

　어머니께서 떠나시던 날 아침, 한동안 넋을 놓고 말았습니다. 믿기지 않는 사실 앞에 그저 망연자실하였습니다. 지금까지 뵈었던 모습과 말씀들은 이젠 더 이상 볼 수 없고 들을 수 없는 먼 곳의 이야기가 되어버렸습니다. 그동안 버팀목이 되어주셨는데, 이제 어떻게 지탱해 나갈지 모르겠습니다.

　어머님의 부음을 받고 달려오신 이모들과 외삼촌들께서 하신 말씀들이 생각납니다. 다섯 시누이 틈 속에서 새벽부터 밤늦게까지 시집살이를 하셨다던 말씀을 듣고 새삼 지나온 날들이 주마등처럼 떠올라 울컥 쏟아지는 울음을 어찌할 수 없었습니다. 같은 아파트 통로에 살 때, 내가 늦게 귀가하는 날이면 밤늦게까지 기다렸다가 주차를 확인하신 후에 밤잠 이루셨다던 어머님… 7년이 넘게 대상포진, 간경화, 간암 등의 질환으로 고생하시면서 정신력으로 버티어 오시다가, 끝내는 말씀도 제대로 못 하시던 어머님!

그런 와중에서도 손주 녀석, 등록금 걱정을 해주셨다는 말씀을 전해 듣고 새삼 어머니의 따뜻한 정을 느꼈습니다.

이런 정성과 사랑이 어디 한두 가지뿐이겠습니까?

저희들 몸과 마음, 여기저기에 깊숙이 묻어있는 어머님의 관심과 정성을 저희가 만 분지 일이라도 보답할 수 있겠습니까? 어머님! 처음에 이 글을 쓰다가 한참 동안 쏟아지는 눈물이 뒤범벅되어 다시 썼습니다. 한마디로 저는 어머님의 사랑의 결정체입니다. 유난히도 못난 이 자식을 사랑해 주셨던 어머님의 기대에 미치지 못하고 잘못 하였을 때 "내가 어떻게 키워왔는데 이 모양이냐" 하고 한탄하시던 말씀이 종종 생각납니다. 그럴 때마다 나름대로 마음속으로 분발하려고 무던히 발버둥 쳤습니다. 어머님, 아시죠? 어머님! 비록 76년간의 짧은 인생을 사셨지만, 어머님을 통해 많은 것을 배웠습니다. 깨끗하고, 정직하고, 용감하고, 남을 위해 헌신하고 가족을 위해 희생 봉사 하셨던 어머님에게 최고의 사랑을 보내면서, 어머님께서 항상 함께하셨다는 사실에 큰 자부심을 느낍니다.

어머님! 앞으로 더욱 열심히 살겠습니다. 못다 사신 어머님 몫까지 더욱 열심히 살겠습니다. 주위 사람, 나아가 세상 사람들로부터 더욱 인정받는 사람이 되겠습니다. 더욱 사회에 유익한 사람이 되겠습니다. 자랑스러운 어머님의 자식이 되겠습니다. 부디부디 편히 천국의 하늘나라에서 모든 근심 걱정 벗어버리시고, 저희 내외, 손주, 손녀 잘 살아가는 모습, 자랑스럽게 되어가는 모습, 즐거운 마음으로 굽어보시기 바랍니다. 어머님! 사랑합니다. 어머님! 저희들, 항상 어머님과 함께하겠습니다.

 어머님의 큰아들, 두성이가 이글을 드립니다

전북일보, 2017.6.1. 김두성 남원중학교 교장 수필가

고향과 어머니

고향은 어머니의 품과 같다! 고향이란 태어나서 자란 곳을 말한다. 그래서인지 '고향'이란 단어만 나오면 그리움으로 가슴 설렌다. '어머니'도 마찬가지다. 어머니 은혜를 생각하면 눈물이 나고, 겸손해진다. 그래서 '고향과 어머니'는 떼놓을 수 없다.

고향은 나의 어린 시절의 기억이 고스란히 간직된 사라지지 않는 일기장이다. 그 어린 시절의 즐거웠고 해맑았던 나의 모습과 한없는 사랑으로 가득찬 어머니의 품을 떠올린다. 고향에 대한 그리움과 어머니의 사랑에서 벗어날 수 없기 때문이다. 하지만 우리는 어른이 되고 부모가 되어서야 그 고향의 따뜻함과 어머니의 소중함을 안다. 힐링 받을 수 있는 자기만의 고향이고 어머니이다. 날개 상한 새들이 숲을 찾듯 지친영혼이 고향을 그리고 생각하고 찾는 것은 당연한 이치다. 좌절하고 지쳤을 때 사람들은 고향을 찾아간다. 희망적인 그 무엇을 찾으려고 말이다.

루쉰은 그의 소설 '고향'에서 "희망이라는 것은 원래 있는 것이라 할 수도 없거니와 없는 것이라고 할 수도 없다. 그것은 마치 땅위의 길과 같다. 실상 땅위에 본래부터 길이 있는 것이 아니라 다니는 사람이 많아지면 곧 길이 되는 것"이라고 말한다. 고향에 대한 그리움은 시와 소설, 노래가사에서도 묻어난다.

'고향생각'이란 노래가사이다.

해는 져서 어두운데/찾아오는 사람 없어/밝은 달만 쳐다보니/외롭기 한이 없다/내 동무 어디 두고/이 홀로 앉아서/이일 저일을 생각하니/눈물만 흐른다. 고향하늘 쳐다보니/별떨기만 반짝거려/마음없는 별을 보고/말 전해 무엇하랴/저 달도 서쪽산을/다 넘어 가건만/단잠 못 이뤄 애를 쓰니/이 밤을 어이해!

난 고향에 팔순의 어머님이 홀로 계신다. 7남매 장남으로 태어났지만 효도 한번 제대로 못했다는 죄책감이 있다. 가까운 지인들은 자주 어머니를 뵙고 함께 가서 식사를 하는 것이 진정한 효도라고 한다. 올 한해의 소망이다. 자주 어머니를 뵙자고 다짐도 해본다. 바람 없이 조건 없이 베풀기만 하는 그 사랑, 어머니 살아생전 그 십분의 일 백분의 일도 되돌려 드리지 못하는 나는 아무리 나이를 먹어도 철들지 않는 자식일 뿐이다.

이제 민족의 고유 명절인 설날이 얼마 남지 않았다. 한해의 시작이자 민족 최대의 명절, 생각만으로도 설레는 설이다. 어른들은 세배를 받아 흐뭇하고, 아이들은 세뱃돈을 받아서 신난다. 오랜만에 가족들이 한데 모여 나누는 덕담도, 시끌벅적하게 즐기는 전통놀이도 좋다. 하지만 고향에 가고 싶어도 가지 못하는 수몰민과 실향민이 있다. 설 명절을 앞두고 고향 생각, 어머니 생각에 잠 못 이루는 일도 있을게다. 특히 휴전선이 가로막혀 가고 싶어도 못 가는 실향민들의 그리운 고향에 대한 마음을 그려본다. 하루빨리 70년 분단의 고통을 마무리하고 통일이 되어 이산가족을 만나야 한다. 고향과 어머니가 그립기 때문이다

새전북신문, 2016.2.4, 박상래 경제·사회부 부국장

그냥 시를 써보자

은퇴한 다음날 아침 침대에서 눈을 뜨고 일어나 '자 오늘부터 새로운 시작이다, 새로운 일을 찾아보자…' 라고 결심했을 때 아무런 준비 없이 도전해볼 수 있는 일은 내 경험상 딱 하나뿐이었다. 바로 글을 써보는 것이다.

글쓰기는 인간의 가장 근원적이고 고도한, 그리고 최종적인 자기표현이다. 지적인 삶에는 음악도 있고, 그림도 있다. 이 또한 고귀한 정신활동이다. 그런데 돈이 든다. 또 일정 수준에 올라 내 감성을 표현하려면 연습과 배움이 필요하다.

글쓰기는 그런 게 없다. 한글만 쓸 줄 알면 된다. 칠순 나이까지 까막눈으로 살아온 할머니들이 한글학교에서 글을 익혀 시를 쓰고 그간의 삶을 짧은 몇 줄의 문장으로 정리한다. 자기가 쓴 시와 글을 읽고 눈물을 흘린다. 기쁨과 감동의 눈물이다.

일본에 시바타 도요(しばたとよ)라는 시인이 있다. 그녀의 데뷔작인 '약해지지 마'라는 시집은 일본에서만 100만 부가 팔린 베스트셀러다. 그녀가 '약해지지 마'를 출판했을 때 그녀의 나이는 99세였다. 1911년에 태어난 그녀가 2010년이 되어서야 첫 시집을 간행한 것이다.

시바타 할머니의 취미는 원래 고전무용이었다고 한다. 허리를 다치고 집안에만 틀어박혀 낙담하고 있을 때 아들이 노인들 대상으로 시를 가르치는 수업에 나가보라고 권한 것이 기회였다. 그곳에서 난생처음으로 느끼고 있는 감정을 시로 써보았다. 그때 나이가 아흔두 살이었다. 그렇게 8년간 쓴 시를 모아 첫 시집을 냈다.

첫 시집의 성공에 자신감이 붙은 그녀는 의욕적으로 두 번째 시집을 준비했으나 아쉽게도 삼 년 전 일백두 살의 나이로 세상을 떠났다. 주방장이었던 남편과 결혼해 평생토록 밥 짓고 설거지하는 일만 해온 그녀의 오래된 삶에서 시인으로 활동한 3년여의 세월은 어떤 의미였을까. 어떤 기분이었을까. 감히 추측해보건대 99년의 세월보다 3년의 세월이 더 길고 행복하게 느껴졌을 것이다.

물론 지금 당장 글을 쓰고 악기를 배우고 그림을 그린다고 해서 시바타 할머니처럼 유명해지는 것은 아니다. 책을 내지 못할 수도 있다. 연주회에 서보지 못할 수도 있다. 갤러리에 내 그림이 전시되기는 힘들 것이다.

하지만 중요한 건 세상에 없던 무엇인가를 창조해냈다는 희열이다. 늙고 버려진 폐물 같던 내 삶에서 한 편의 시가 나오고, 한 줄의 글이 나오고, 또는 음률과 색상이 꽃처럼 피어나더라는 감흥이다. 인간은 지적인 동물이기에 먹고 마시고 건강하게 오래 사는 것으로는 절대로 만족하지 못한다. 생각과 감정을 표현하는 것은 본능이다. 그 본능이 젊은 시절부터 표출되었더라면 더 바랄 게 없지만, 뒤늦게라도 이를 찾아 나서는 것도 큰 즐거움이 될 것이다.

시를 써보자. 나의 인생을, 나의 감정을, 나의 생각들을 글로 써보자. 독자는 나 자신이다. 행복하지 않을까.

한국교직원신문, 2016.12.12. 김욱 작가·칼럼니스트

나에게 주는 선물

'휴~~' 요즈음 같이 무더위가 본격적으로 시작되는 날씨에서 외출을 하게 될 때 나도 모르게 이렇게 뜨거운 한숨을 내쉬게 된다. 더워도 너무 더운 날씨에 연일 언론에서는 이보다 더 깊은 한숨을 쉬게 만드는 뉴스들로 가득 차 있고 무더위에 편승해 나날이 올라가는 불쾌지수는 한 여름의 삶을 팍팍하게 만든다.

하지만 이러한 무덥고 팍팍한 삶에 있어서 한 줄기 단비와 같은 존재가 있으니 바로 여름휴가 이다. 소위 말하는 바캉스(vacance)는 프랑스어로 그 유래는 라틴어 바카티오(vacatio) 인데 '무엇으로부터 자유로워지는 것' 이라고 한다. 물론 프랑스 사람들에 비해서 우리나라 사람들의 통상적인 휴가 기간이 훨씬 짧기는 하지만 바캉스 속에 내재된 설렘은 일맥상통 할 것이다.

프랑스뿐만 아니라 일부 선진국의 겨우 휴가 기간이 길어서 여행을 하던 무엇을 하던 좀 더 여유롭게 준비하고 즐길 수 있겠지만 우리나라의 경우 주말을 제외하고 보통 3일 ~ 5일 정도의 기간을 평균적으로 여름휴가로 즐기니 조금은 아쉬움이 남는다. 하지만 여름휴가를 못가는 사람들도 많다는 것을 생각하면 여름휴가를 떠난다는 자체에 감사하게 생각해야 할 것이다.

휴가라 함은 말 그대로 쉬는 것을 말하며 소위 우리가 이야기하는 바캉스는 상기에서 언급한 것처럼 자유롭거나 비우는 것을 의미 하는데 어느 순간 우리는 즐기는 것, 놀러 가는 것으로만 인식을 하게 되었다. 즐기거나 노는 것이 잘못되었다는 말은 아니다. 당연히 휴가 이니까 마음껏 즐기고 재미있게 보내야 마땅하다.

하지만 목적과 수단이 바뀌어서는 안 될 것이다. 휴가를 즐기기 위해 무조건 좋은 곳, 비싼 곳, 유명 휴양지를 가야 한다는 강박관념부터 버렸으면 한다. 물론 개인별 선호도의 차이가 있겠으나 본인에게 정말 필요한 휴가가 무엇인지를 간과 한 채 남들이 하는 대로 분위기에 휩쓸려 휴가를 보낸다면 그것은 휴가가 아닌 노동의 연장이라고 할 수 있겠다. 몸은 쉬고 있다고 생각할 수 있으나 정작 휴식이 필요한 내면은 피로만 누적될 것이다.

다시 한 번 말하자면 휴가에 대한 개개인의 취향을 인정하며 부정하고 싶은 마음은 없다. 휴가의 의미에 대해서 깊게 생각해 보지 못했다면 이번 기회에 다시 한 번 생각해 보자는 말이다.

휴가를 가족, 친구나 지인, 연인 등과 함께 보낼 수 있을 것이다. 모두 함께하면 좋은 사람들이고 즐거운 추억을 나눌 수 있는 사람들이다. 하지만 이번 휴가에서는 조금은 이기적 이었으면 한다. 나만을 위한 시간을 가져 보자. 휴가기간 내내 혼자만의 시간을 가져 보자는 이야기는 아니다. 하루도 좋고 단지 몇 시간 이어도 좋다. 일상 생활지를 떠나 휴가지에서 갖는 혼자만의 시간은 평상시 보내는 시간과는 다른 맛이 있을 것이다. 혼자 사색에 잠겨도 좋고, 휴가지 주위를 산책을 하거나 책을 읽는 것도 혼자만의 시간을 보내는 좋은 방법 중 하나 일 것이다.

휴가를 떠나기 전 쌓였던 근심과 걱정은 뒤로 한 채 편안한 시간을 보내다 보면 평상시 느끼지 못했던 여유로움 속에 진정한 휴식을 가질 수 있을 것이다.

필자는 이번 휴가기간 중에 4시간을 처와 휴가지에서 따로 보내기로 했다. 아직 18개월 된 딸이 있어서 긴 시간을 떨어지기에는 무리가 있기 때문이다.(이처럼 개인의 사정에 따라 적당한 시간을 정했으면 좋겠다.) 아직 휴가지에서 나에게 주어진 4시간 동안 무엇을 할지 생각은 하지 않았다. 그냥 발걸음 닫는 대로 생각이 내키는 대로 할 것이기 때문이다. 그 시간 동안 특별한 무엇인가를 하기는 힘들겠지만 특별한 무엇이 되어 나에게 돌아 올 수 있을 것 같기 때문이다. 설령 특별한 무엇인가가 없으면 어떠한가? 내 자신에게 일 분이 되었건 한 시간이 되었건 나만을 위한 소중한 선물을 주었으니 말이다. 내년 이 맘 때에는 그 소중한 시간을 기억하며 또 다른 휴가를 떠날 준비를 하고 있을 것이다.

새전북신문, 2015.8.3, 이진우 개암이엔티 부장

노년의 의무와 책임

억제하고
참고 견디는 것은
어린자들의 몫

인내는 청춘의 별곡이다. 노땅은 참지 않아도 된다. 아니,
참아서는 안 된다. 억제하고 참고 견디는 것은 머리 꼭대기
에 피도 안 마른 어린 자들이 성숙되기 위하여 통과하는
의례다. 노땅은 참을 만큼 참았고, 견딜 만큼 견뎠고, 버틸
만큼 버텼기에 도중에 쓰러지지 않고 이 나이 먹도록 살
아남았다. 이제는 참아온 것들을, 견뎌온 것들을, 억눌러
온 것들을 터뜨릴 때가 되었다.

가슴 속에 품고 있는 독을 뱉어내도 되는 시기는 중년 이
후다. 그래서 살아본 날들이 얼마 안 되는 젊은이들에게
알려줘야 될 의무와 책임이 있다. 그들이 듣거나 말거나 쌓
이고 쌓인 인생의 시간 속에서 우리가 경험한 모순과 부당
한 순리에 딴죽을 걸며 덤벼들어야 하는 것이다. 나이 든
자의 분노는 권리가 아니다. 의무와 책임이다.

가장 화가 나고 얄미운 상대는 바로 자기 자신이다. 참고
봐줘서는 안 될 자기모순을 늙었다는 핑계로 물에 물 탄
듯, 술에 술 탄 듯 약삭빠르게 상황을 모면하는 재주로 여

기고 있다면 심각하게 반성할 일이다. 그런 나를 증오할 줄 알아야 머리가 늙지 않는다.

사람을 미워한다는 것은 미련 때문이다. 미련은 관심이다. 세상이 불만족스러운 까닭은 세상에 관심이 많아서다. 그리고 나에 대한 욕심이 아직 남아있기 때문이다. 나를 아직 버리지 못했기에 질투하고, 의심하고, 내가 점점 못나져 가는 데 화가 난다. 그러므로 미움을 상실한 인간은 더 이상 자기 자신을 사랑하지 않는 인간이라고 생각해도 무방하다.

그늘이 드리워진 곳엔 해가 떠 있고, 미움이 있는 곳엔 받지 못한 사랑이 맴돈다. 나를 사랑하지 않는 데 누가 나를 사랑해줄 것인가. 나이가 들수록 초연해지고 너그러워진다고 나 또한 어려서부터 배웠고, 젊어서는 그렇게 되리라고 생각했다. 하지만 아니었다. 나이가 들수록 갖고 싶은 것, 먹고 싶은 것, 하고 싶은 말들이 어찌나 많은지 하루 24시간 중 잠드는 예닐곱 시간을 제외하면 온통 불만불평 부족이다. 그런 감정이 느껴지지 않고 너그러워졌다는 것은 거짓말이 아니고서야 큰 문제다. 그렇게 정신을 쏙 빼놓고 사니까 물만 먹어도 살이 찌고 죽어라 산을 타도 무릎관절이 밤마다 쿡쿡 쑤시고, 술 한 잔 마셔도 당이 쭉쭉 올라가고, 미주알에 암이 발병하고, 머릿속이 석회암으로 변질되는 것이다.

우리 몸에서 영양분을 제일 먼저 소비하는 곳이 다름 아닌 뇌라고 한다. 머리를 쓰지 않으니까 먹은 것들이 잔뜩 쌓여 몸 여기저기서 고장을 일으키는 독소를 내뿜는다. 그것이 노털 냄새의 정체다. 내 경험상 인간의 머리는 분노하고 질투할 때 최고로 빠르게 돌아간다. 어마어마한 열량과 열정을 소비한다.

그러니 앞으로는 억제하지 말고, 참지 말고, 인내하지 말기를 바란다. 그것은 미덕이 아니다.

한국교직원신문, 2016.06.20, 김욱 작가·칼럼니스트

또렷한 기억보다 희미한 연필자국이 낫다

"글 잘 쓰는 비결을 좀 알려주세요."

요즘 들어 부쩍 이런 메일을 많이 받는다. 쑥스럽고 난감하다. 비결은 무슨 비결인가? 그걸 안다면 글 쓸 때마다 밤새도록 괴로움에 머리를 벽에 찧고 가슴을 쥐어짜겠는가? 책을 9권이나 내고 20년 넘게 이런저런 칼럼을 쓰고 있지만, 내가 글을 잘 쓴다고는 단 한 번도 생각해본 적이 없다. 그래서 멋진 글이나 문장을 만나면 너무나 부러워서 읽고 또 읽는다. 나도 외우고 싶을 만큼 좋은 글, 머리가 아니라 가슴을 때리는 글을 쓰고 싶다. 그렇게 하고 싶어서 지난 수십 년간 갖은 애를 쓰고 있기는 하다. 얼마나 도움이 될는지는 모르겠지만 수많이 받은 메일의 답장으로 한비야식 글쓰기 비법(!)을 전격 공개해 볼까 한다.

동서고금 어느 글쟁이라도 같은 말을 할 거다. 좋은 글쓰기의 기본은 다독(多讀), 다작(多作), 다상량(多商量)-많이 읽고 쓰고 생각하는 거라고. 나는 여기에 다행(多行), 많이 다니고 다록(多錄), 많이 기록하는 것을 추가하고 싶다. 집에 있는 똑똑이보다 돌아다니는 멍청이가 낫다지 않는가? 몇 년간의 세계 일주 여행부터 한두 시간이면 족한 동네공원 산책까지 '떠나기 전의 나'와 '돌아온 나'는 뭐가 달라도 분명히 다를 것이다. 그렇게 다니면서 보고 듣고 느낀 것을 잘 적어 놓는 것 또한 중요하다. 나는 또렷한 기억보다 희미한 연필자국이 낫다고 확신한다. 그래서 일기장과 늘 가지고 다니는 수첩에 그날의 주요 사건·사고를 꼼꼼히 기록한다. 뭔가 퍼뜩 떠오르면 방금 받은 영수증이나 식당 냅킨에라도 바로 적어놓는다. 50살이 넘어가니 깜박증까지 생겨 그야말로 적자생존, 적어놓아야 산다는 일념으로 열심히 적고 있다.

나는 기록이란 감성의 카메라라고 생각한다. 기억 속에는 사건의 뼈대만 남지만 기록 속에는 향기와 온기까지 고스란히 남아 있다. 한창 뛰어놀아야 할 꼬마들이 배고픔을 이기지 못해 널브러져 있는 구호현장에서 먼지를 일으키며 지나는 차를 보면서 저 먼지가 다 밀가루였으면 얼마나 좋을까 생각했던 그 순간, 그 느낌을 그 자리에서 메모장에 적어놓지 않았다면 그 안타까운 감정은 사라지고 그 지역에 몇 톤의 식량을 배분했다는 사실만 남았을 거다. 이런 일기장과 메모 수첩이 없었다면 『지도 밖으로 행군하라』는 책은 세상에 나오지 못했을 거다.

두 번째 비법은 쓸 내용을 먼저 말로 풀어 보는 거다. 내가 쓰는 글은 거의 대부분 가족·친구에게 혹은 강의 중에 수없이 한 말이다. 얘기를 직접 들었던 사람들의 갖가지 반응을 떠올리면 쉽고 편하게 써진다. 말이 고스란히 글로 변해서일까, 내 글은 아주 평이하다. 그래서 친구들은 '언문혼용체' 혹은 수다 떨 듯 쓴다고 '수다체'라고 부른다. 아무튼 나는 전달이 잘 되는 주제, 잘 알고 있는 주제, 말하고 싶어서 견딜 수 없는 주제에 대해서만 쓴다. 아니, 그 외에는 누가 부탁해도 쓸 수가 없다.

일단 원고가 완성되면 그 글을 소리 내서 여러 차례 읽는다. 글이란 결국 운율이다. 그래서 한 문장 안에 고저와 장단이 잘 섞여 있어야 자연스럽고 전달이 잘 된다. 큰 소리로 읽어 보면 이런 점이 잘 드러나면서 껄끄럽거나 어색한 부분을 다듬는 데 큰 도움이 된다.

세 번째 비법은 마감의 힘을 최대로 이용하는 거다. 나는 마감 직전까지 쓰고 고친다. 마감이 임박해야 능력의 최대치가 나오기 때문이다. 담당자들은 마감시간에 딱 맞춰 원고를 보내는 나를 미워하지만 그래도 할 수 없다. 마감시간이 가까워올수록 글이 잘 써지는데 어쩌겠는가? 욕을 먹더라도 끝까지 붙잡고 있는 수밖에.

단행본일 때는 더욱 그렇다. 초교지, 재교지는 물론 인쇄 직전의 교정지에도 붉은 펜으로 수없이 고쳐서 '딸기밭'을 만들어 놓는다. 이미 나온 책을 20쇄가 넘도록 고치다가 편집자에게 사실이 틀렸을 경우를 제외하고는 더 이상 손대지 않겠다고 각서까지 쓴 적도 있다. 이 칼럼도 번번이 마지막 순간까지 담당자에게 단어를 다른 걸로 바꿔 달라, 제목에 쉼표를 넣어 달라 등등 문자로 카톡으로 자잘한 부탁 하며 민상을 떨고 있다.

이렇게 애를 쓴다고 매번 내 글이 만족스러운 건 물론 아니다. 그래도 원고 보낼 때마다 보내기 버튼을 누르는 손끝이 달달 떨리면서도 스스로에게 '있는 힘을 다했어?' 물을 때 '그렇다'고 할 수 있으면 그걸로 됐다. 다음에 더 잘 쓰면 되니까. 글쓰기란 어차피 커다란 쇳덩이를 갈아서 바늘을 만드는 지난한 과정이다. 힘겹고 더디긴 하지만 애쓰는 만큼 반드시 좋아진다고 굳게 믿는다.

글쟁이는 무엇으로 사는가? 단언컨대 마감의 힘으로 산다. 마감은 영어로 deadline, 즉 넘어가면 죽는 선이다. 죽지 않으려면 그 시간 전에 원고를 써내야 한다. 이 원고 마감은 오늘 오전 11시다. 지금은 새벽 네 시 반. 아침 9시 반 수업이 있기 때문에 어떻게든 그 전에 다 써야 한다. 딱 다섯 시간 남았다. 벼랑 끝에 선 기분이다. 사람 살려!!!

중앙일보, 2015.10.24. 한비야. 국제구호전문가·세계시민학교 교장

삶의 아이러니

세상 참 모르는 거다. '흥부전'의 흥부가 그렇게 대박 터질 줄 어찌 알았으랴. 더 황당한 것은 놀부다. 그렇게 떵떵거리고 살다가 하루아침에 나락으로 떨어질 줄 어찌 상상이나 했을쏜가. 세상을 둘러보면 잘되는 경우보다 안되는 경우가 압도적으로 많다. 그러니 '흥부전'은 현실의 이야기가 아니라 실의와 낙담에 빠진 숱한 사람들을 위로하려는 권선징악의 이상화일 수도 있다.

주변을 둘러봐도 정도의 차이는 있을지언정 여기저기 실의와 낙담에 빠져있는 사람들투성이다. 모두가 쉽지 않은 인생들을 산다. 누군들 결과가 그러리라고 미리 예견할 수 있었겠는가. 살다보니 그렇게 되었고 살다보니 슬픈 현실이 빚어졌을 뿐이다. 그러면 우리는 또 이렇게 손쉽게 말한다. 그러니 애초에 인생 선배나 삶의 전문가를 찾아 인생이 무엇인가 하고 한번쯤 물었어야 하지 않았는가 하고 말이다.

참으로 맞다. 그것이야말로 우리가 세상에 속지 않고 세상을 잘 건널 수 있는 중요한 방법이다. 그렇지만 그렇다 해도 우리가 인생 전부를 알 수는 없을진대 그것이 인생 문제 해결의 전부일 수는 없다. 그러니까 아무리 조심한다 해도 실의와 낙담은 불가피하다는 것이다. 우리 문학도 이렇게 인생이란 우리 뜻대로만 되는 것이 아니라는 것을 다양한 방식으로 설파해 왔다.

예컨대 한국 사실주의의 개척자라 일컬어지는 현진건의 '운수좋은 날'은 삶의 아이러니를 이렇게 말하고 있다. 이 작품에서 인력거꾼 김첨지는 중병을 앓고 있는 아내에게 약 한 첩 못 사준 것에 심한 죄책감을 갖고 있다. 그러던 차에 그날따라 손님이 많아서 아내가 며칠 전부터 먹고 싶다던 설렁탕을 사들고 집에 가게 되는데 그렇지만 이미 아내는 저세상 사람이 되었다는 것이 작품의 대강이다. 김첨지는 그날따라 돈을 많이 벌었기에 아내를 기쁘게 해줄 수 있으리라 여겼을 것이다. 세상이란 그렇게 기대대로 되지 않는다. 세상에 속고 세상에 절망했으리라.

전후 대표 소설 중에 1957년 한국일보 신춘문예 당선작인 하근찬의 '수난 이대'가 있다. 아버지 박만도는 아들이 전쟁터에서 귀환한다는 소식을 듣고 아들이 도착할 시간에 맞춰 역으로 가고 있다. 그는 자신도 일제 때 징용을 가 한쪽 팔을 잃었기에 아들의 귀환 소식에 일말의 불안감이 없을 수 없다. 애써 그 불안을 떨쳐내려는 만도의 의지는 아들의 무사에 대한 강한 기대감의 표출이다. 그렇지만 삶은 언제나 그렇듯 그 기대를 배반한다. 아들 진수의 한쪽 다리가 절단되어 있는 것이다. 만도 역시 세상에 속고 세상에 절망했으리라.

이러한 삶의 아이러니는 한국 문학 전체의 화두다. 세상은 그렇듯 결코 기대한 대로 돌아가지 않는다는 것이다.

우리는 늘 그리고 끊임없이 기대하고 또 기대하지만 삶은 언제나 우리의 기대를 저버린다. '수난이대'에서 박만도는 절망하는 아들에게 이렇게 말한다. "집에 앉아서 할 일은 니가 하고, 나댕기메 할 일은 내가 하고, 그라면 안 되겠나, 그제?" 슬프지만 삶의 아이러니를 극복할 성숙한 어른의 말이다.

파이낸셜뉴스, 2015.11.3, 김진기 건국대학교 국어국문학과 교수

선택의 고통에서 해방되는 법

　식당에서 메뉴를 고를 때 5분 이상 고민한 적이 있는가. 편의점에서 음료수를 고를 때 너무 고민한 나머지 음료수를 선택하지 못하고 그냥 나와버린 적이 있는가. 무심코 텔레비전 채널을 돌리다가 마음에 드는 채널이 영 없어서 차라리 텔레비전을 꺼버린 적이 있는가. 필요한 물건을 인터넷을 통해 구매하려 했다가 비슷비슷해 보이는 물건이 너무 많아 제대로 고르지도 못하고 구매를 포기한 적이 있는가. 내가 이미 구매한 옷이 다른 매장에서 훨씬 저렴한 가격에 팔리고 있다는 걸 발견한 적이 있는가. 이런 일을 여러 번 경험했다면 당신은 '선택중독증'이라는 병 아닌 병에 걸렸을지도 모른다. 불치병은 아니지만 난치병임에는 분명한 이 선택중독증은 현대인이라면 누구나 한 번쯤 감염될 수 있는 마음의 질병이다.

　이 선택중독의 뿌리에는 강력한 환상이 자리 잡고 있다. 바로 선택이 우리를 자유롭게 하리라는 망상, 철저히 합리적인 선택을 하면 그에 따른 만족스러운 결과가 보상으로 따라줄 것이라는 계산이다. 하지만 아무리 똑똑한 소비자가 되어도 소비를 통해 인생 자체를 바꾸기는 어렵다. 더 나은 선택을 통해 좀 더 편리해질 수는 있겠지만, 합리적인 선택을 통해 불행이 행복으로 형질 전환되지는 않는다. '그때 그 사람을 선택했더라면 내 인생은 180도로 달라졌을 텐데!'라는 식의 낭만적 환상도 부질없다. 아무리 멋진 사람을 선택해도 그를 통해 이 세상 모든 불행의 '경우의 수'를 빠져나갈 수는 없다. 인생은 수많은 선택의 기계적인 모자이크라기보다는 예측불능의 변수들과 통제불능의 욕망, 그럼에도 불구하고 그 모든 우연을 뛰어넘는 의지와 노력이 화학반응해 이루어지는 미지의 화합물에 가깝다. 좋은 것들만 모여 있어도 나쁜 결과를 초래하기도 하고, 나쁜 것들만 모여 있어도 좋은 결과를 낳기도 한다. 인간은 A와 B 중 하나를 선택할 수는 있지만, 그로 인한 '결과'까지 선택할 수는 없다.

이 끝없는 선택의 스트레스에서 해방되는 방법은 무엇일까. 완전한 해결책은 없지만 나 역시 지극히 귀가 얇아 오랫동안 선택중독증을 앓아온 사람이기에 소박한 노하우를 지니게 되었다.

첫째, '순간의 선택이 평생을 좌우한다'는 환상을 버려야 한다. 이런 피곤한 환상과 '인생 한 방'이라는 식의 한탕주의가 결합하면 끝없는 '선택의 도미노적 타락'이 기다리고 있다. 소비나 투자를 향한 끝없는 선택에 자기 인생이라는 소중한 담보물을 내걸고 끝없는 도박을 벌이며 지칠 줄도 모르고 실패하게 되는 것이다.

둘째, 유명인이나 성공한 사람들의 가치관을 답습할 것이 아니라 '내가 직접 만들고, 나에게 어울리며, 내가 오래오래 실천할 수 있는 가치관'을 정립해 나가는 것이다. 예컨대 '성공하는 사람들의 100가지 습관'보다는 '타인의 신의를 한 번도 저버리지 않은 사람들의 듬직하고 해맑은 눈빛'을 삶의 지표로 삼는 것이다. 이런 삶은 선택중독으로 인한 만성적인 두통에 시달리지 않는다. 내 삶의 결정권을 '나' 아닌 다른 무엇에서도 찾지 않아야 진짜 해방이 시작된다.

셋째, '나'라는 존재를 투자의 대상이나 수확의 대상으로 상품화하지 않는 것이다. '미래를 위해 현재를 투자하라'는 식의 상술에 '나'를 내줘서는 안 된다. 'N포세대'나 '흙수저' 같은 자조적인 명명법에 결코 스스로의 삶을 내어주어서는 안 된다. 누구도 함부로 우리의 삶을 그런 식으로 명명할 수 없도록 단단히 마음의 무장을 해야 한다. '무언가가 있어야 행복한 삶'이 아니라 '그것이 없어도 괜찮은 나'를 단련해 나가야 한다. 재산이나 권력으로 자신을 증명하는 행태야말로 '빈약하고 척박한 자아'의 증명임을 잊지 말아야 한다. 타인에게 잘 보일 것이 아니라 '나를 바라보는 나 자신'의 준엄한 눈초리에 촉각을 곤두세워야 한다. '내 방의 인테리어를 어떻게 바꿀 것인가'가 아니라 '오늘 어떤 책을 읽을 것인가'를 고민하고, '어떤 자동차나 주택을 구매할 것인가'가 아니라 '누구와 함께, 어떻게 더 나은 세상을 만들어 갈 것인가'를 고민해 보자. 상품의 소비로 마음의 허기를 채울 것이 아니라 경험과 인연의 확장으로 영혼의 결핍을 채워야 한다.

중앙일보, 2015.10.10, 정여울 문화평론가

어머니

'어머니!'라는 말만 들어도 가슴이 뭉클거린다. 내 인생에서 '어머니'보다 더 귀하고 아름다운 말이 있었던가? 없었다. 사실 나에게 어머니 아닌 것은 없다. 사랑도, 시도, 인생의 가치도 어머니 품과 연결되어 있다. 어머니는 나의 고향이자 내 삶의 안식처나 다름없다.

내게 '어머니'라는 명사는 '종교'와 같다. 어머니의 품이야말로 얼마나 평온한가. 세상의 그 어떤 종교에서도 찾아볼 수 없는 감동적인 아름다움이 가톨릭에 있다. 바로 성모님이다. 어머니를 모시고 살기에 어머니의 마음을 지닌 신앙이 얼마나 정성스럽고, 부드럽고, 자애로운가? 누구든 어머니와 함께 사는 기쁨만 지녀도 인생이 결코 불행하지 않을 것이다.

일찍이 내가 가톨릭에 귀의하게 된 것도 거기에 성모님이 계셨기 때문이다. 성모님은 바로 예수님의 어머니 아니신가. 나는 예수님께서도 어머니가 옆에 계셨기에 모든 고난을 더 잘 극복했을 것이라고 생각한다. 이 세상의 여정을 어머니와 함께하신 예수님의 생애를 생각하면서 내 고난을 더 잘 극복할 수 있었기 때문이다. 실제로 나는 '어머니'라는 시어를 가장 많이 썼다. 성모님께 드리는 사모곡을 무려 800편도 넘게 썼기 때문이다.

한편 어머니의 마음을 상실하고 있는 시대의 불행을 본다. 나는 인생에서 어머니의 마음을 깨닫는 것이 도(道)라고 생각한다. 자애와 사랑, 박애 정신의 삶이 바로 어머니의 모성에 있기 때문이다. 그러므로 내 인생의 화두는 곧 '어머니'요, 성모성심을 지니는 것이다. 성모성심을 깊이 깨달을수록 예수님에 대한 울림은 더욱 커질 것이다. 어머니의 심정으로 찬미의 선율을 닦아갈수록 내 삶은 더욱 밝고 평화로운 하느님 자비에 안겨질 것이다.

카톨릭신문, 2016.7.17. 이인평(아우구스티노·시인)

외모보다 성격, 성격보다 인성

사람에 대한 첫인상은 외모가 결정한다. 안타깝고 억울하기는 나도 마찬가지지만 어쩔 수 없는 건 어쩔 수 없는 것이다. 9년 전 프린스턴대 심리학과의 재닌 윌리스와 알렉산더 토도로프 교수팀은 첫인상이 결정되는 데 걸리는 시간은 10분의 1초에 불과하다는 사실을 실험을 통해 밝혀냈다. 스타일이나 말투, 제스처 등을 살필 겨를도 없이 순식간에 '게임 끝'이란 얘기다. 노출 시간이 길어져도 첫인상은 거의 달라지지 않는다니 부모 탓을 해야 하나, 압구정동에 가야 하나.

첫인상에 속아 인생을 힘들게 사는 분들께는 죄송한 말이지만 겪어보기 전엔 알 수 없는 게 사람이다. 좋은 사람인지 나쁜 사람인지, 믿을 수 있는 사람인지 아닌지 알려면 시간이 필요하다. 한없이 착하고 다정해 보여도 속에는 검은 늑대가 열 마리쯤 들어 있을 수 있다. 열 길 물속은 알아도 한 길 사람 속 모른다는 말이 그냥 나온 게 아니다.

인성검사에서 인성 교육까지 요즘엔 인성이란 말이 널리 쓰이지만 예전에는 인성보다 성격이란 말을 많이 썼다. "성격이 좋다"고 하지 "인성이 좋다"고는 잘 안 했다. 남녀가 갈라설 때도 '성격차' 때문이지 '인성차' 때문은 아니었다. 지금은 군대에 갈 때도, 직장에 들어갈 때도 규격화된 인성검사가 필수 코스가 되면서 인성이란 말이 광범위하게 사용되고 있다.

학창 시절 캐릭터(character)는 성격, 퍼스낼리티(personality)는 인성으로 알고 외웠지만 정확히 그 차이를 몰랐다. 하긴 미국이나 영국 사람들도 둘을 구분하지 않고 대충 섞어서 쓰는 모양이다. 구글링을 해서 찾아봤더니 정직성, 책임감, 성실성, 용기처럼 시간이 지나도 변치 않는 인간의 내면적 특질이 캐릭터라면 퍼스낼리티는 겉으로 드러난 성향을 가리키는 것으로 돼 있다. 수줍음이 많다든가, 유머감각이 풍부하다든가 하는 것은 퍼스낼리티에 해당한다는 것이다. 굳이 구분하자면 성격은 퍼스낼리티, 인품은 캐릭터, 두 가지를 합한 것은 인성 아닐까 싶다.

취업포털 잡코리아가 20대 미혼 남녀 1336명을 대상으로 조사했더니 남녀 모두 배우자 선택 기준으로 외모나 경제력보다 인성을 압도적 1위로 꼽았다. 성숙한 판단에 박수를 보내지만 부대끼며 살아보기 전엔 상대의 인성을 알기 힘드니 그게 문제다. 성격은 좋아도 인품은 엉망인 사람도 많다. "친구를 고를 때는 퍼스낼리티보다 캐릭터를 보라." 영국 소설가 서머싯 몸의 충고다.

중앙일보, 2015.7.9, 배명복 논설위원·순회특파원

우리가 일을 하는 이유

우리는 왜 일을 할까. 먹고살려니 어쩔 수 없어서? 돈을 벌어야 내 가족이 생활할 수 있어서? 물론 당연한 말이다. 가장 기본이 되는 생계 해결이 중요하다는 건 누구도 부정할 수 없다.

그런데 일을 하는 가장 큰 이유가 오직 돈을 벌기 위해서라는 수단으로만 여겨졌을 땐 중요한 문제가 하나 발생한다. 바로 그 일이 하기 싫어진다는 것. 왜냐하면 일 자체가 목적이 되는 것이 아니고 일의 결과로 얻는 돈만이 중요해지면, 일은 그야말로 죽지 못해 어쩔 수 없이 하는 고된 노동이 되고 만다. 그래서 월요일 아침이 돌아오는 것이 두렵고, 일을 하면서도 퇴근 시간만 기다린다. 또한 회사에 큰 프로젝트가 생겨 일을 분담해야 할 때, 어떻게 하면 내가 남보다 적게 일할지만 머리를 써 계산을 하게 된다.

그런데 그 반대의 경우도 있는 것 같다. 일을 하는 이유가 그 일이 나에게 큰 의미가 있기 때문인 경우다. 예를 들어 내가 하는 일이 나 개인을 초월해 사회를 밝히고 많은 이를 이롭게 하는 일이기 때문에 그 일을 하는 것이다. 다른 일을 하면 더 많은 돈을 벌 수도 있겠지만 돈보다는 의미를 찾을 수 있는 그 일이 더 좋은 것이다.

하지만 이 또한 문제가 발생할 수 있다. 의미만을 강조하다 보면 다른 사람들과 일할 때, 나의 '의미'가 동료들의 '의미'나 '목적'과 충돌할 수도 있다. 돈을 우선으로 생각하는 사람들에겐 이 의미 있는 일이 후순위로 밀릴 수도 있고, 중요한 일이 아닐 수도 있다. 혹은 '의미 있는 일'을 하고 있으니 다른 것쯤은 희생하라고 강요를 당하기도 한다.

미국 대학에서의 교편을 내려놓고 서울 인사동에 힘들어하는 분들을 위해 '마음치유학교'를 만들어 운영하다 보니 '일의 의미'에 대한 고민을 많이 하게 되었다. 그중 가장 큰 고민은 어떻게 하면 함께하는 분들이 재미와 보람을 느끼며 일할 수 있도록 도울 수 있을까 하는 것이다. 내 입장에서는 돈보다 의미가 더 중요하다. 하지만 내가 그렇다고 해서 같이 일하는 분들께 의미만을 강요할 순 없다. 최근 알게 된 바로는 몇몇 유명한 분들을 제외한 우리나라 대부분의 심리상담가들이 박봉으로 생계가 그리 여유롭지 않다. 그런 상황에서 의미 있는 일이니 어려운 이들을 위해 무조건 봉사해 달라고 할 수만도 없지 않은가.

그렇다면 이런 상황에서 어떻게 해야지 일을 즐겁게 할 수 있을지 고민이 된다. 그런데 가만히 생각해 보니 돈이나 의미 말고도 일을 하는 데 중요한 다른 이유들이 또 존재하는 것 같다.

예를 들어 어떤 이들은 돈이나 의미보다도 직장 안의 자율성을 더 중시한다. ① 일을 하며 윗사람의 간섭보다 자신의 능력을 펼치는 것이 중요한 것이다. 일하는 과정 중간중간마다 상사의 간섭이 있다면 주인의식은 사라지고 자신의 능력을 발휘하지 못한 채 상사의 스타일대로 일을 '해주는' 것에 머물 수 있다. 자율성의 중요성을 인식한 구글 같은 회사가 직장 내 20%의 시간을 자신이 선택한 일을 하도록 정한 것이 좋은 예다.

또 다른 이들은 ② 자율성과 함께 창의성을 발휘할 수 있는 기회가 무엇보다 중요하다. 사람은 누구나 똑같은 일을 반복해서 하는 것을 힘들어한다. 변화 없이 위에서 시키는 일만 반복적으로 하다 보면 마치 내가 큰 기계의 부속품이 된 듯해 일하는 재미를 찾을 수 없다.

반면 자신의 아이디어로 새로운 프로젝트를 추진하면 일은 정말 재미있어진다. 전에 근무했던 미국 대학의 장점이 바로 이 점이었다. 다른 대학에 비해 연봉은 좀 낮아도 교수들에게 본인들이 가르치고 싶은 과목을 창의적으로 만들어 수업하라고 권장한다. 그러니 한 학기 한 학기가 새롭고 다채로운 수업들로 채워진다.

마지막으로, ③ 지금 하는 일 안에 자기 성장의 기회 여부가 그 일을 지속하도록 만드는 중요한 요소다. 일을 하면서 내가 배우고 성장하는 느낌이 들지 않으면 일은 단조로워지고 삶은 정체된 것처럼 느낀다. 성장을 위해서는 일이 너무 쉽고 익숙해서도 안 되고 기존에 했던 것만 반복해서도 안 된다. 그래서 직장 안에서의 교육의 기회도 중요하고, 직원이 다소 다른 분야의 일을 하고 싶다고 요청한다면 융통성 있게 새로운 기회를 만들어주는 것도 필요하다.

일을 하는 이유는 개인마다 천차만별이다. 일을 하며 타인에게 인정을 받고 자존감을 찾는 사람도 있을 것이고 일을 통해 삶의 활력을 얻는 사람도 있을 것이다. 돈이 만능이라고 여기는 자본주의 세상에 살고 있지만 돈이라는 수단의 가치가 아닌 일을 하는 다른 소중한 이유를 하나 찾아보는 것도 중요할 것 같다.

중앙일보, 2015.09.04, 혜민 스님

84년을 함께 지낸 이 부부
"상대를 변화시키려 들지말아요"

둘 합쳐 204세, 미 최장수 커플
밸런타인데이 앞두고 비결 공개

미국의 '최장수 부부'인 베타 부부는 1932년 결혼식을 올린 이래 서로 아끼며 살아왔다.

84년째 결혼생활을 이어온 미국인 부부가 연인들의 날인 밸런타인데이(2월 14일)를 앞두고 오랫동안 사랑을 이어온 비결을 공개했다.

12일 미국 일간지 USA투데이에 따르면 미국 코네티컷주에 사는 존 베타(104)와 앤 베타(100) 부부는 오는 11월 25일이면 결혼 84주년을 맞는다.

아내 앤은 17세이던 1932년, 자신과 20세 이상 차이 나는 남성과 결혼시키려는 아버지로부터 벗어나 동네 오빠였던 존과 뉴욕에서 가정을 꾸렸다. 결혼 직후는 전 세계에 불어닥친 대공황으로 경제위기가 극심했다. 이들 부부는 어려움 속에서도 서로를 의지하며 살았다.

식료품점을 운영하면서 자녀 5명을 길렀으며 이제는 손주 14명, 증손자 16명을 뒀다. 베타 부부는 2013년 살아 있는 미국의 최장수 부부로 공인됐다.

이들은 결혼생활에선 무엇보다 타협하고 절충하는 게 중요하다고 강조했다. 앤은 "결혼할 상대방을 당신이 변화시킬 수 있다는 생각은 미친 것"이라면서 "상대를 있는 그대로 받아들이라"고 말했다. 상대를 억지로 바꾸려 들지 말고 서로를 존중하라는 조언이다.

존은 "자기가 버는 수입 안에서 생활하는 것도 가정의 행복을 지키는 길"이라고 했다. 자기가 버는 돈 이상으로 과소비를 하고 사치를 부리다 가족의 행복마저 무너지는 일은 없어야 한다는 지적이다.

또 존은 "아내를 보스로 섬겨라"고 말했다. 이에 앤은 "우리 사이에 '보스'는 없다"며 "남편이 말한 '아내를 보스로 모시라'는 의미는 아내의 말을 잘 들으라는 뜻"이라고 해석했다. 상대를 '보스'처럼 높여 대우해주고 그의 말을 경청하는 일이 백년해로의 지름길이라는 말이다.

이밖에 베타 부부는 함께 요리하고 책을 읽는 등 무슨 일이든 함께 하는 게 부부의 덕목이라고 전했다. 또 내가 지금 가지고 있는 것에 만족하는 마음으로 서로에게 감사하며 사는 것도 오랜 사랑의 노하우라고 전했다.

시리아 난민 가정 출신인 부부는 고달팠지만 행복했던 신혼 시절을 떠올리며 현재는 시리아 난민들을 돕는 데 기부금을 내고 있다. 존은 "이렇게 부부가 함께 있을 수 있다는 자체가 우리는 운 좋은 사람들"이라고 말했다.

앤은 "80년 이상 나와 함께 산 남편은 관대하고 훌륭한 사람이며, 받기보다는 주는 사람"이라고 칭찬했다. '데이비드 레터맨 쇼' 등에 출연하며 미 전역에 이름을 알린 베타 부부의 이야기는 뮤직비디오로도 제작됐다.

중앙일보, 2016.2.13

변화의 한걸음

▲ 이태용 거리 최면 공연가

처음 길거리로 스트리트 최면을 하러 나왔을 때의 일이었다. 내 나름대로 생각하길 전주한옥마을은 관광객들이 많이 찾아오는 장소이기 때문에 새롭거나 신기한 체험에도 쉽게 참여할 것 같았다.

되고 싶은 모습이 있다면

여름방학 시즌이었고 한옥마을은 전국에서도 유명한 관광지였기 때문에 우글우글 할 정도로 사람들이 많았다. 벤치에 앉아 쉬고 있는 그룹을 향해 접근하려 하던 순간이었다.

그 순간 내게 찾아온 것은 알 수 없는 두려움이었다. 사람들과의 거리는 몇 걸음 되지 않았지만 보이지 않는 장벽이라도 쳐진 것처럼 나는 그 몇 걸음을 떼지 못했다. 아직 딱히 거절이나 호의적이지 않은 반응을 경험한 것이 아님에도 불구하고 심장이 뛰기 시작했고 마치 내 몸이 아닌 양 이상한 기시감이 들기 시작했다. 입술이 바짝 말라 와서 나도 모르게 몇 번이고 입술을 핥았다. 준비한 멘트를 이야기하려고 목소리를 내보려 했지만 내 목소리는 목구멍 밖으로 간신히 기어 나오는 정도였다.

외국 최면가들이 자신의 최면 강좌에서 이야기하던 다른 사람들에게 접근하는데 느끼는 두려움을 여실히 느끼고 있었던 것이었다.

새로운 체험을 찾아 핸드폰을 검색하거나 대화를 나누는 사람들이 수도 없이 눈에 띄었지만 마음속으로 나는 한 바퀴만 돌고 와서 저 사람들에게 스트리트 최면을 시도해보자, 라는 변명만 늘어놓으면서 끝도 없이 한옥마을을 걷기 시작했다.

돌고 오면 당연히 그 사람들은 보이지 않았다. 계속 여러 가지 이유를 만들어 내면서 한옥마을을 걷다 문득 정신을 차려보니 주위가 어두워지고 있었다. 스트리트 최면을 하려 나와 장장 6시간 가까이 한옥마을을 걷기만 하고 있었던 것이었다.

이미 주위가 어두워졌기 때문에 다음에 나와 다시 도전하자라는 생각이 스멀스멀 올라왔다. 마음속에서는 오늘 아무 말도 못 건 것에 대한 변명들이 만들어지고 있었다. 그리고 버스 정류장을 향해 발걸음을 옮기던 그 순간 갑자기 이대로 집에 가면 영영 다시는 거리에서 내가 아무것도 시도하지 못할 것이라는 생각이 들었다. 생각해보면 나는 다른 상황에서도 마음속으로 많은 변명들을 만들었다는 게 떠올랐다.

떨리는 심장을 참으며 눈앞에 보이는 커플을 향해 여러 가지 토를 달지 않고 앞에 다가갔다. 의아한 눈빛으로 나를 보는 커플들에게 내 소개를 하고 준비해온 루틴대로 최면을 보여주었다. 당연히 실패를 했지만 마음속에서 그림자들이 만들어내던 이미지와는 다르게 커플들은 굉장히 재밌게 체험을 받아들였다.

보이지 않는 장벽이 허물어지는 순간이었다. 그 후에도 물론 많이 주저하긴 했지만 나는 계속 한옥마을과 전주거리에서 스트리트 최면을 할 수 있게 되었고 지금은 어느덧 유튜브에서 외국 최면가들이 보여주었던 것을 나 스스로도 사람들에게 체험시켜줄 수 있게 되었다.

두려워 말고 첫발 내딛어야

되고 싶은 모습이 생겼을 때 나는 새로운 테크닉을 익히거나 도구를 사면 단 하루 아침에, 아니면 일주일 만에 그렇게 될 거라고 믿었다. 하지만 과거의 내가 하고 싶었던 것들을 하게 된 지금 볼 때 변화를 만들어 낸 것은 어떤 새로운 외국 최면가의 테크닉도 아니고 도구들도 아닌 그때 내 마음속에서 만들어낸 변명에 넘어가지 않고 옮긴 몇 걸음 덕분인 것 같다. 사실 수많은 이유들을 만들어내는 것은 쉬운 일이지만 되고 싶은 내가 되기 위해 내딛는 몇 걸음은 옆에서 보는 것보다 굉장히 어려운 일이다. 누군가 변화를 원하는 사람이 옆에 있다면 나는 항상 이야기한다. 다른 모든 것보다 우선 첫 걸음을 내딛으라고 말이다.

△이태용 씨는 전북대 경영학과를 졸업했으며 전주한옥마을 등에서 즉석 최면 공연을 하고 있다.

전북일보, 2015.07.13. 이태용

비극은 두 가지 밖에 없다

邦有道穀 邦無道穀 恥也
"나라에 도가 있을 때는 봉록을 받지만
나라에 도가 없는데 봉록을 받는 것이 부끄러움이다"

영국 작가 오스카 와일드(O.Wilde, 1854~1900)는 사람에게는 단지 두 종류의 비극이 있다고 말합니다.

하나는 마음속으로 생각한 일이 이루어지지 않은 것이고, 다른 하나는 마음속으로 생각한 일이 이루어진 것인데, 이 말을 들으면 한번쯤 고개를 갸우뚱거리게 됩니다.

마음속으로 생각한 일이 이루어지지 않은 게 비극이라는 말은 알겠는데, 마음속으로 생각한 일이 이루어진 것도 비극이라는 말은 얼른 와 닿지 않기 때문입니다. 도대체 무슨 뜻일까요?

마음속으로 생각했는데 일이 이루어지지 않는 경우 사람들이 좋아하지 않는다는 사실에는 누구나 고개를 끄덕일 겁니다.

시험을 잘못 보아 원하는 대학이나 직장에 들어가지 못하거나 사업에 실패하여 앞길이 막막한 경우에 좋아할 사람은 아무도 없습니다. 친구나 애인하고 심하게 다투고 헤어졌을 때는 누구나 상심하고 절망에 빠지게 됩니다.

그런데 마음속으로 생각한 일이 이루어진 경우도 비극일까요? 이것은 조금 복잡합니다.

이를테면 마음속으로 생각한 일이 이루어진 뒤 자신이 성취한 것과 원래 기대했던 것 사이에 큰 차이가 있을 수 있습니다. 어떤 학생은 원하는 대학에 진학했는데 대학이란 곳이 자기가 그렇게 가고 싶어 했던 천당이 아니었음을 깨닫는 것처럼 말입니다.

어떤 사람은 반평생 뼈 빠지게 노력해서 돈을 벌고 난 뒤 돈이 많다고 해서 꼭 행복한 것은 아님을 깨닫습니다. 어떤 일을 성취하고 난 뒤에 생각해 보니, 그 일은 자신이 온 힘을 기울일 가치가 없다는 것입니다. 흘러간 시간은 다시 오지 않고 성취한 일은 한 줌의 모래처럼 아무 의미 없이 손가락 사이로 흘러내리는 일을 누구나 한두 번씩 겪었을 겁니다.

원헌(原憲)이라는 제자가 스승인 공자에게 부끄러움(恥)에 대해 묻자, 공자가 이렇게 말합니다.

나라에 도가 있을 때는 봉록을 받지만, 나라에 도가 없는데 봉록을 받는 것이 부끄러움이다.(邦有道穀邦無道穀恥也)

나라에 도가 있을 때 봉록을 받는 건 괜찮지만, 나라에 도가 없는데도 봉록을 받는 것은 부끄러운 짓이라는 겁니다.

왜 그럴까요? 도가 없을 때 이룬 성공은 수단과 방법을 가리지 않고 얻었거나 타인의 고통을 바탕으로 이룬 것일 가능성이 많기 때문입니다.

실제로 혼란한 시대에 출세하고 영달을 누리면 존경받지 못하고 모범이 되지 못하는 수가 많습니다.

그런데 공자가 "방유도곡 방무도곡 치야(邦有道穀 邦無道穀 恥也)"라고 한 말을 "나라에 도가 있을 때도 봉급을 받고, 도가 없을 때도 봉급을 받는 것이 부끄러움이다."고 해석하는 경우도 있습니다.

어떻게 되어도 괜찮다며 봉급만을 받는 것은 부끄러운 짓이라는 뜻인데, 이럴 경우 오스카 와일드의 논리와 비슷해집니다. 참 재미있지요? 이렇게도 해석할 수 있고, 저렇게도 해석할 수 있는 게 한문 공부의 매력이라고 합니다.

전민일보, 2015.07.24, 황미옥 조각가 군산대 강사

4부

정신을 바르게

하느님께 한 걸음 더 가까이 다가가자

오늘날 만개한 개인 이기주의를 극복할 수 있는 올바른 방법 중의 하나가 '하느님을 제대로 알고 행동하는 것'입니다. 하느님께서 우리에게 베푸신 은혜를 늘 되새겨야 합니다.

두 눈으로 산야, 강, 하늘을 볼 수 있음에 감사하고, 두 발로 걸을 수 있음에 감사드리며, 두 손을 움직여 책장을 넘기고 수저질을 할 수 있음에 더더욱 감사드리고, 또한 내음을 맡을 수 있는 코에 이상이 없음에 감사드리고, 음식을 먹을 수 있는 입과 이빨에 이상이 없음에 감사드려야 합니다. 다른 사람의 말을 두 배로 들으라는 듯, 두 귀가 온전함에도 감사드립니다.

이처럼 하느님께서는 우리에게 너무나도 많은 은혜를 베풀고 있습니다. 그러나 많은 사람들은 안타깝게도 이러한 은혜의 축복을 잊어버리고 살아가는 것 같습니다.

조금만 둘러보면 우리가 가진 것이 얼마나 많고 소중한지 깨달을 수 있습니다. 하느님께 한 발짝 다가서는 일은 큰 걸음입니다. 감사의 마음이 충만할 때 그 첫걸음이 시작됩니다.

봉사와 희생도 사소한 것에서부터 시작하여 큰 것이 되듯이, 졸졸졸 흐르는 산골짜기의 냇물이 실개천이 되어

큰물(太平洋)을 이루듯이, 우리는 눈을 크게 뜨고 주변을 살펴보아야 하겠습니다. 먼저 이웃에 대한 관심과 따뜻한 보살핌이 필요합니다.

"내가 잘살아야 다른 사람을 도울 수 있다"는 말은 어불성설입니다. 없으면 없는 대로 있으면 있는 대로 봉사하고 헌신하는 마음자세와 실천적인 행동이 무엇보다도 필요한 시대입니다.

새해가 시작되었습니다. 앞으로 365일. 당신은 어떤 소망으로 정유년 닭띠해를 보내시겠습니까?

저는 하느님께 자신의 꿈을 의탁하는 현명한 자녀가 되어보심이 어떨까 조심스런 권유를 하여 봅니다. "당신은 축복받은 사람입니다."

축복받은 삶을 허투루 보내지 마세요. 우린 행복한 삶을 살아가야 할 충분한 자격을 갖춘 사람들이니 힘을 내세요. 좌절하거나 실망하지 마시고 다시 일어나 도전합시다. 하느님께 다가가는 길이 어렵다 여기지 마시고 쉽게 찾읍시다. 당장 가까운 이웃의 어려움을 살필 수 있는 마음의 풍요로움을 가집시다.

카톨릭신문, 2017.2.26. 유양선(전남 순천시)

객客

객(客)은 '손' '나그네' '사람' 등의 뜻이 있다. 이 글자는 집 면(宀)에 제각각이라는 뜻의 각(各)이 합한 글자다. 집 안에 있는 주인이 타향에서 오는 나그네를 맞는 모습이 '객(客)'이다. 글자 형태로 보면 반가운 사람을 맞는 모습으로 보인다. 논어에도 '유붕 자원방 래(有朋 自遠方 來)'라 했다. '반가운 친구가 먼 곳에서 찾아오다'라는 뜻이다.

'인생은 나그넷길 어디서 왔다가 어디로 가는가' 60년대 초 유행했던 가요의 한 소절이다. 사실 우리는 누구나 나그네다. 이 세상의 손님이다. 천지는 만물의 여관방이요, 광음은 백대에 걸친 길손이라 했다.

59년 봄이었다. 고향을 떠나온 것이. 설날을 막 지난 정월 초사흘이었다. 설이 지났음에도 날씨는 겨울 그대로였다. 지금 돌아보니 그때가 나의 나그네 된 시발점이었다. 낯선 서울은 거리도 사람도 언어도 나의 고향과는 너무 달랐다. 이방인 17세 소년이 적응하기엔 힘겨운 타향이었다. 행여 길이라도 물을라치면, 생소한 경상도 사투리에 외면당하기 일쑤였다. 그럼에도 잘도 버텼다. 때로는 참아야 했고, 남의 눈치도 봐야 했다. 즐겁고 희망찼던 시절도 있었다.

그러면서 50년을 훌쩍 넘겼으니 스스로 장하다는 생각이 든다. 새삼 그런 정경이 떠오르는 요즈음이다. 정말 인생이란 어디서 왔다가 어디로 가는 것인가 알 수가 없다. 분명하기는 가되 잘 가야 한다는 점이다. 잘 살아왔듯이 가는 것도 잘 가야 한다. 무엇을 남기고, 언제 갈 것인가는 걱정하지 말자. 걱정한다고 내 뜻대로 되는 일도 아니다.

한국교직원신문, 2015.9.7, 김경수 중앙대 명예교수

당신이 실패할 권리

일본인 모자가 바닷가에서 즐거운 한 때를 보내고 있었다. 엄마는 아이에게 '위험하니, 바닷물이 닿지 않는 곳에서 놀아라.'라고 하였고, 아이는 파도가 닿지 않을 만한 곳에서 모래성을 쌓기 시작했다. 하지만 파도는 아이의 모래성까지 달려왔다. 아이는 모래성을 쌓고, 파도는 허물고 도망가버리는 과정이 반복되었다. 엄마는 '모래를 더 많이 모아두렴' '주변에 성곽을 만들렴'하며 조언 하기 시작했다. 하지만 아이는 듣지 못했는지 자기 방식대로 성을 쌓았다. 그러자 엄마가 나서서 모래성을 만들어주기 시작했다.

이를 본 독일인이 말했다. " 일본 사람답다. 어머니가 나서서 무엇이든 해주잖아. 독일인들은 주로 '아이들에게는 실패할 권리가 있다'고 생각하고 내버려두는데, 그것과는 정반대야."

최근, '내가 철저하게 실패한 이야기'를 한 일이 있었다. 그러면서 어디선가 봤던 '일본인 엄마'의 일화가 생각났다. (사실, 한국의 사정도 다르지 않다.) 실패할 수 있는 것도 권리라면, 나는 나의 인권을 철저하게 침해하며 살아왔음을 깨달았다. 스스로에게 '실패할 권리'를 인정해 준 적이 있던가? 기억나지 않는 어릴 때부터, '실패'라는 단어는 부끄러움과 패배감만을 의미하는 단어였다.

실패란 무엇일까?

지방대학교를 다니다 6개월만에 자퇴한 남자가 있다. 가난한 부모에게 입양된 배경의 그는 도저히 값비싼 학비를 내면서 학교를 다닐 수 없었다. 돈이 없어 친구들 집 방바닥에서 자고, 빈병을 팔아서 동전을 얻고, 무료 급식을 찾아다녔다. 그는 실패자일까?

자퇴 후, 학점이나 전공에서 자유로워진 그는 학교의 서체수업을 듣기 시작했다. 그는 당시에 '자퇴'라는 실패를 했기에, 사업을 시작했고 그의 회사가 만든 제품은 우리 삶을 바꾸어 놓았다. 또한, 그가 배운 서체는 우리가 개인용 컴퓨터에서 다양하고 아름다운 활자를 사용할 수 있게 해주었다. 애플의 창립자 스티븐 잡스의 이야기이다.

회사에서 부서 배치를 위해 면접을 보는데, "인생에서 가장 크게 목표로 삼은 것은 무엇이었나요?"라는 질문에 나는 면접 코치들이 절대 추천하지 않을, '실패한 이야기'를 했다. 내 인생에서 무식하고 용감한 목표는 미국에서 정식 일자리를 구하는 것이었다. 비자문제, 금전문제 등과 미국에서 명문대학교를 나와도 직장 구하기가 힘들다는 것을 익히 들었지만 욕심을 냈다. 100통의 이력서와 커버레터를 인쇄하여 보는 사람마다 건네주고, 명함을 받은 회사에 우편으로 보내기도 했다. 자기소개가 담긴 700여 통의 이메일을 직장인과 CEO, Co-founder에게 보냈다. 양 손에 꼽을 만한 면접의 기회를 얻었고, 붙은 곳도 떨어진 곳도 있었다. 결국은 비자 문제로 모든 것을 내려놓고 귀국할 수 밖에 없었다. 하지만, 그 과정을 통해 '맨땅에 헤딩'하는 용기와 그 경험들이 도전해볼만한 가치가 있다는 것을 깨닫게 되었다. 결과만 본다면 실패였다. 몸도 마음도 지치고 귀국하고도 상실감과 패배감에 괴로지만, 곧 중요한 사실을 깨닫게 되었다. 지금까지 해왔듯 '성공할만 한 것들'만 저울질 하면서 자존심만 내세웠다면, 결코 얻을 수 없는 것들이, '실패'의 확률이 큰 길을 택하자 교훈과 경험, 배짱이라는 단어로 다가왔다.

인터뷰 후에, 새로운 사업을 기획하는 부서로 배치되었다. 본래, 신사업 기획에는 신입을 잘 뽑지 않고 더구나 비슷한 경험도 없는 나를 기획부서로 배치하신 것에 대하여 부대표님께 여쭈었다. 그러자 "혜원님이 이곳에 오게된 경로를 잘 알고 있습니다. 대수롭지 않은 경험이나 이상한 사람이라 볼수도 있지만, 저는 다르게 봅니다. 신입에게서 보는 것은 '태도'입니다. 앞으로 새로운 사업을 할 때, 혜원님이 이 전에 시도하고 경험했던 경험과 비슷한 일을 하게 될 겁니다."

스티븐 잡스는 우리 인생은 '점을 연결하는 것(Connecting the dots)'이라고 말했다. 대학을 중퇴한 당시, 그는 자신의 점들이 어떻게 연결될지 알지 못했다. 하지만, 그는 우리가 가진 점들이 연결될거라고 믿어야한다고 했다. 그리고 나는 '용기있는 실패'와 그를 통해 얻는 깨달음의 조각들이 내 인생의 '터닝 포인트(Turning Point)라고 믿게 되었다. 나는 나의 실패할 권리를 존중하며 살고 있다.

새전북신문, 2016.3.29, 이혜원 ST&Unitas Company 컨설팅 연구원

배려의 리더십

100여년의 역사를 가진 한 향토기업이 세간의 입방아에 올라 있다. 성난 소비자들의 불매운동으로 매출은 반 토막이 나고, 해당 회사 임직원은 마치 그들이 크나큰 잘못을 저지른 양 비난이 거세다고 억울함을 하소연하고 있다. 누구나 한 번쯤 들어보았던 그 기업이 그토록 비난의 중심에 서게 된 이유는 그 회사의 높으신 분의 약자에 대한 사려 깊지 못한 폭언과 폭행이 원인이었다. 이제 세상 사람들은 더 이상 약자에 대한 갑질을 그냥 지나치지 않는다. 앞으로 사건 당사자의 처리는 사법당국에서 마땅한 조치가 이어지겠지만 해당기업의 피해는 고스란히 종업원들 몫으로 돌아갈 처지에 있음이 안타까울 뿐이다. 사소한 땅콩 때문에 비행기를 돌리지 않나, 사무실에 신용카드기를 두고 책을 팔지 않나, 온 세상이 나서서 분통을 터트리고 손가락질을 한 지가 언젠데 이런 유의 갑질 논란이 또 일어나니 더욱 기가 찰 노릇이다. 언제까지 그래야 할까.

군이 약자에 대한 배려가 아니래도 사회적으로 리더 위치에 있는 사람은 어떠해야 하는지를 보여주는 미담 사례를 하나 소개하고자 한다. 『일본 대기업 회장이 어느 날 이름난 식당으로 손님을 초대했고, 일행은 똑같이 스테이크를 주문했다고 한다. 식사가 거의 끝날 즈음 그 회장이 수행원에게 스테이크를 요리한 주방장을 모셔오라고 지시했다. 지시를 받은 수행원은 회장이 스테이크를 절반밖에 먹지 않은 것을 보고 그다음에 일어날 일을 걱정하며 주방장을 데려갔다고 한다. 부름을 받은 주방장은 몹시 긴장한 채 "스테이크에 무슨 문제가 있습니까?" 라고 떨리는 목소리로 질문을 했다고 한다. 하지만 회장은 미소를 머금은 채 다음과 같이 말을 했다고 한다. "당신은 정말 훌륭한 요리사요. 그리고 오늘 스테이크는 맛이 아주 좋았소. 다만 내 나이가 이미 여든이라 입맛이 예전 같지 않다오. 그래서 오늘 반밖에 먹을 수 없었소. 내가 당신을 보자고 한 것은 걱정이 되었기 때문이요. 반밖에 먹지 않은 스테이크가 주방으로 들어가면 당신의 마음이 편치 않을 것 같아서 말이오. 나는 단지 내가 스테이크를 남긴 것이 당신의 요리 솜씨가 나빠서가 아니라는 것을 말해주고 싶었다오."』 이 이야기는 '경영의 신'으로 추앙받는 일본 마쓰시타전기(현 파나소닉) 창업자 마쓰시타 고노스케가 평소 사람을 얼마나 존중했는가를 잘 보여주는 일화 중 하나다. 누구나 다 그래야 하겠지만, 특히 리더 위치에 있거나 경제적 힘을 가진 사람들은 더욱 사람을 존중하는 태도를 가져야 한다. 왜냐하면 사람들이 자신을 리더나 힘 있는 사람으로 인정하는 만큼 그들의 마음을 헤아려야 하기 때문이다.

사회적 공분을 사고, 다시는 일어나지 않도록 엄중히 다스려야 한다는 사회적 합의가 된 듯한 폭언·폭행 등, 소위 갑질 논란이 언론 매체에 자주 오르내리지만 사실 이런 갑질이 요 근래에 와서야 일어난 것은 아니다. 필자와 같은 동년배들이 사회생활을 하던 시절에 윗사람들로부터 호통이나 야단(사실은 욕설에 더 가깝기는 하지만)을 얻어먹은 경험을 한두 번 안해 본 사람은 없을 것이다. 더구나 그 시절에는 그런 호통이 오히려 윗사람의 관심과 애정(?)의 표시라고까지 생각해 그러지 않으면 서운한 마음이 들기도 했다. 아랫사람들을 호통이나 강압으로 따르게 하던 권위주의적 사회에서 상호 존중을 우선하는 사회로 바뀌면서 우리 눈에 갑질이 거슬리기 시작했고, 더 이상 눈감아주지 않는다고 필자는 생각한다. 상대방이 적극적으로 공감을 나타내고 의욕적인 활동을 하게 하기 위해서는 배려와 상대방의 존중이 선행돼야 한다.

그게 바로 배려의 리더십이다. 윗사람과 아랫사람의 사이뿐만 아니라 모든 일상생활에서 서로서로 상대를 배려하는 노력이 조금씩 모이면 살맛 나는 세상은 저절로 만들어진다는 믿음을 필자는 갖고 있다. 이제 더 이상 갑질 기사가 언론 매체에서 보이지 않기를 기대해 본다.

파이낸셜뉴스, 2016.3.17, 정의동 전 예탁결제원 사장

어둠은 영혼의 전진을 가로막지 못한다

역경이 삶을 옥죄더라도
포기보단 긍정의 힘으로
새 역사 일군 위인들
절망 속에서 피운 성공의 꽃은 다이아몬드보다 더 값지다.

조선시대 대학자이자 화가, 문장가였던 완당(阮堂) 김정희
(金正喜, 1786~1856)는 당쟁의 소용돌이에 휘말려 유배된 제
주도에서 우리나라 문인화의 최고봉으로 일컫는 불후의
명작 '세한도(歲寒圖, 국보 제180호)'를 탄생시켰다.

"추운 겨울이 된 후에야 소나무와 잣나무가 가장 늦게
시든다는 것을 알게 된다(子曰 歲寒然後 知松栢之後彫也)." 공
자의 '논어(論語)' 자한(子罕)편에 나오는 말이다. 어려운 상
황에 처한 후에야 진정한 벗이 누구인지 알게 된다는 뜻
이다. 세한도는 김정희가 제주도 유배 시절인 59세 때인
1844년에 유폐된 자기를 잊지 않고 오직 지조와 의리를
지키면서 멀리 중국에서 귀한 서책들을 구해 보내준 제
자 이상적(李尚迪, 1804~1865)에게 고마움의 표시로 글과 함
께 그려준 그림이다.

또한 김정희는 제주도 유배지에서 조선 서예사에 길이
남을 독보적인 추사체를 완성해 역사의 한 획을 그었다.

이를 위해 10개의 벼루가 닳고, 1000여 자루의 붓이 몽당붓이 됐다는 전설 같은 일화가 전해진다.

"어둠은 영혼의 전진을 가로막지 못한다." 미국의 저술가, 교육자, 사회사업가인 헬렌 켈러(Helen Keller, 1880~1968)가 자서전을 통해 남긴 말이다. 자신이 비록 앞을 못보고 말을 못하는 큰 장애를 가졌지만 이것이 절망의 굴레가 될 수 없었다는 얘기다. 자신의 군건한 의지와 설리반이라는 훌륭한 멘토의 도움이 더해져 세상을 바라보는 마음의 눈을 떴다. 헬렌 켈러는 "맹인으로 태어나는 것보다 더 비극적인 일은 앞은 볼 수 있으나 비전이 없는 것이다", "세상에서 가장 아름답고 소중한 것은 보이거나 만져지지 않는다. 단지 가슴으로만 느껴질 뿐이다"라는 말로 용기를 잃지 않았다.

"고뇌를 뚫고 환희로." 독일의 악성(樂聖) 루트비히 판 베토벤(Ludwig van Beethoven, 1770~1827)이 자신의 편지에서 언급한 내용이다. 겨우 음악에 눈을 뜨고 실력을 인정받기 시작했을 때 귀가 머는 큰 고난이 닥쳤다. 청력 상실은 음악가에게 치명상 그 자체였다. 베토벤은 유서를 쓰기도 했다. 하지만 음악에 대한 그의 사랑과 열정은 죽음의 문턱에서 그를 붙잡았다. 오히려 절망의 나락이 베토벤 특유의 음악적 심오함으로 승화돼 '영웅교향곡', '운명교향곡', '전원교향곡', '합창교향곡' 등의 주옥같은 걸작을 태동시키는 밑거름이 됐다. 그는 "나는 운명의 목을 조르고 싶다. 어떤 일이 있어도 운명에 짓눌리고 싶지 않다"며 결코 운명에 굴복하지 않았다.

영국이 낳은 20세기 최고의 문호 윌리엄 셰익스피어 (William Shakespeare, 1564~1661)도 "역경이 사람에게 주는 교훈만큼 아름다운 것은 없다"며 희망의 메시지를 던졌다.

미국의 경제 전문 온라인 매체 비즈니스 인사이더에 따르면 세계 50대 갑부 중 약 3분의 2인 29명이 맨손으로 부를 일궈낸 '자수성가형'인 것으로 나타났다.

현자(賢者)는 좌절과 절망의 시간을 창조의 시간으로 만든다. 긍정의 힘을 믿어보자.

한국교직원신문, 2016.2.22, 김규희 동아일보 기자

직장인의 책 읽기

취업포털 잡코리아는 직장인 217명을 대상으로 설문조사한 결과 지난해 평균 9.8권을 읽는 것으로 집계됐다고 최근 발표했다. 한 달 평균 한 권도 책을 읽지 않는다는 것이다.

직장인의 하루는 굉장히 짧다. 출근하고 나면 일을 하든, 눈치만 보든 퇴근시간 전까지는 회사에 얽매인 몸이 된다. 그러다 퇴근후 만나는 세상은 재미있는 영화와 드라마, 게임이 넘쳐난다. 또 쇼핑 하고, 사람을 만나 술을 마시며, 친목회·동창회·향우회·종친회 등 각종 모임에도 참석 한다.

그런 직장인들이 책을 읽는다는 것은 결코 쉬운 일이 아니다. 직장인의 하루중 남겨진 얼마 안되는 시간, 해야 할 일과 하고 싶은 일들이 세상에 너무 많은 데 '종이로 묶어진 책'을 가만히 앉아서 읽는다는 것은 구시대적 사고인지도 모른다.

하지만 성공한 직장인들의 상당수는 책을 통해 성공의 기반을 마련했다. 그들은 성공했기 때문에 많이 읽은 게 아니라, 많이 읽었기 때문에 성공한 것이다.

책을 많이 읽기 위한 방법으로 다른 무엇보다 먼저 자가용을 이용하지 않아야 한다. 차를 손수 운전해야 하는 이상, 책을 읽을 도리는 없다. 외국처럼 오디오북이 널리 이용

되고 있는 상황도 아닌만큼, 버스나 지하철 등 대중교통 수단을 이용하고 이 짬에 책을 읽어보기를 권한다.

직장까지 대략 한 시간 남짓 걸리는 것을 고려한다면, 일주일에 적어도 대여섯 시간을 확보하게 된다. 이 정도의 시간이라면 한 달에 인문사회과학 책도 두어 권 읽을 수 있다. 여기에다 주말을 잘 활용하면 1년에 50권 정도는 충분히 독파한다. 중요한 것은 꾸준히 하는 것인데, 이렇게 10년을 한다고 가정하면 무려 500권 이상을 읽게 된다.

짧은 시간을 적절히 활용하는 것도 중요하다. 약속장소에 일찍 도착했다면 늦은 사람을 타박할 필요가 없다. 그시간에 책을 읽으면 된다.

불안과 위기의 시대로 대변되는 오늘은 자기계발을 도약의 발판으로 삼아야 할 시기이고, 가장 유용한 방법은 독서 뿐이다. 한 달에 한두 번이라도 술자리를 줄이고 그 돈으로 책을 사보자. 행복을 얻는 데 돈 1만~2만 원이면 된다. 그렇게 투자한 책값은 100배 이상의 경제적 가치로 되돌아올 것이다.

전주일보, 2015.10.23. 윤종채 무등일보 논설주간

책 권하는 사회

중복이 지났다. 후덥지근하다. 기승을 부리는 이 염제(炎帝)를 어떻게 물리칠까. 이열치열로 보양탕도 좋겠지만 바람 잘 통하는 시골 집 마루에 드러누워 독서삼매경에 빠져 보는 것은 어떨는지. 졸음이 오면 책을 베개 삼아 스르르 잠에도 빠져 보고….

영국 시인 헨리 엘포드는 'You and I' 라는 시에서 사랑하는 사람을 "동반자, 위안자, 친구, 삶의 안내자"라 불렀다. 사람 대신 물건으로 여기에 딱 맞는 것이 무엇일까. 바로 책이다. 책은 세상의 눈과 귀로서 거기에 인생길이 다 들어 있다. 책은 어둠 속 길을 밝히는 지혜의 원천이자 나침반이다. 영혼을 치유하는 곳이 책이 쌓인 서재이고 도서관이다. 작고한 안병욱 교수는 "독서는 인생의 깊은 만남, 책 읽는 기쁨은 법열(法悅)"이라고 하면서 "책을 읽어라. 위대한 음성들이 조용히 그러나 간절히 우리를 부르고 있다"고 했다.

독서는 한 나라의 문화와 지적 수준을 측정하는 바로미터이다. 그 나라의 저력과 미래, 희망은 국민들의 독서 양과 질로 저울질할 수 있다. 1983년 독일 유학 당시 어학연수를 받기 위해 인구 2만 정도의 소도시 민가에 두 달 머무른 적이 있었다. 어학교재가 난이해서 주어진 과제를 해결하기 위해 저녁마다 집주인인 경찰관으로부터 많은 도움을 받았다. 그는 내게 이해하기 어려운 카프카의 단편소설이나 슈피겔 잡지에 실린 글의 내용을 명쾌하게 설명해주었다. 평범한 시민의 해박한 인문학적 이해에 탄복하지 않을 수 없었다.

법률문화도 독일의 대표적 법철학자 라드부르흐의 책 '법학원론'을 보면 그 깊이와 무게에 충격을 받지 않을 수 없다. 이 책은 라드부르흐가 실업계 고등학교 학생들의 법적 소양을 높이기 위해 1920년대에 쓴 강의록인데, 내가 법률가가 되고 30년쯤 지나서 그 책과 조우했는데도 폭넓고 깊이 있는 내용에 감탄했다. 오늘날 우리나라 고등학교에서 이루어지고 있는 법교육과 질적, 양적 대비를 해보면 두 나라 사이의 법률문화 간격이 엄청남을 느낄 수 있다. 민주법치국가인 우리나라의 대다수 국민들은 자신들이 의지하고 있는 법을 너무 모른다. 어릴 때부터 누려야 할 자유와 권리 그리고 그 한계와 의무를 익히는 것은 자신뿐만 아니라, 국가 사회의 건전한 발전을 위해서 매우 중요하다.

나의 초등학교 시절 도서관은 만화방이었다. 거기서 파는 어묵을 간장에 찍어 먹으며 2, 3시간 만화에 푹 빠지면서 포만감에 젖곤 했다. 읽을거리가 귀한 시절인데, 중학교에 가 보니 책들이 서가에 제법 꽂혀 있는 조그만 도서관이 있었다. 1학년 겨울방학 때 난방이 되어 있지 않은 도서관에서 다이제스트 세계명작전집이나 우리나라 소설책을 많이 읽었다. 어린 나이에 책에서 펼쳐지는 세계가 신기하고 재미있었다. 어느 몹시 추운 날 사서(司書)가 딱하게 보였든지 나무를 주워 오라고 해서 가져온 나무로 난롯불을 피웠다. 손 녹이느라고 연통을 손바닥으로 감싸고 있었는데, 한동안 손바닥이 타는 줄 모르고 있다가 모락모락 김이 오르는 것을 보고 화들짝 놀라 연통에서 손을 떼서 화상을 입었던 일이 기억난다.

요즘도 서점을 군것질하는 기분으로 가끔 들른다. 좋은 음식 먹고 좋은 영화 보듯이 서점에서 책을 뒤적이고 있으면 기분이 전환되고, 활력이 재충전된다. 여행을 가기 전에 혹은 갔다 온 후로 그곳과 관련된 지리·역사 공부를 하면서 지적 호기심을 충족하는 재미 또한 여행 못지않게 쏠쏠하다.

우리나라는 최근 버스나 지하철에서 승객의 손에 책 대신 휴대폰이 놓여 지면서, 자기성찰의 기회가 현저히 줄어들었다. 한 국가의 저력은 그 나라 국민들이 책을 읽고 생각해 보는 시간과 능력에 좌우된다, 그런 점에서 책을 권하고, 벗하는 사회적 기풍이 한층 더 고양되어야 한다. 어둡고 힘든 사람들의 한숨과 눈물을 책으로 공감하면서 우리 사회에 따뜻한 감성적 이해와 교류가 충만해지면 얼마나 좋을까.

파이낸셜뉴스, 2015.07.30, 이주흥 법무법인 화우 대표변호사

'책의 고수'들이 말하다 … 우리는 왜 읽는가

우리에게 책이란 무엇인가. '책=공부' '책=성공' '책=출세' '책=취업' '책=승진시험'….

뭔가 억압적이고 경쟁을 강요하는 이들 등식의 희생자들은 책에 반기를 들고 책을 멀리하게 된다. 졸업하자마자, 취업하자마자, 승진하자마자 책에 작별을 고한다.

책을 떠나온 홀가분함도 잠시. 머릿속 한구석에선 아쉬움·궁금증, 책과 친하지 못한 서러움이 남는다. 나는 진정 책하고는 인연이 없는 것일까. 책 읽기가 '아직도 즐거운' 소수의 축복받은 독서가들에게도 많은 의구심이 남는다. 더 효율적인 독서법은 없을까. 교양인·민주시민이 되기 위한 독서에서 내가 혹시 빠트린 책은 없을까.

이런 질문을 지닌 분들을 위해 '책에 대한 책들(books on books)'이 있다. 독서의 길잡이로서 책의 본질을 밝혀주는 책들이다. 몇 천 년, 몇 백 년 세월 속에서 어쨌든 살아남은 고전들, 몇 백 년 후에도 읽힐 오늘의 신서(新書)이자 내일의 고전들을 요약해 주는 책들이다. 출판계에서 꽤 큰 시장을 형성한다.

이 분야 원조는 『세계 문학 명작(Master pieces of World Literature)』『위대한 작가 501명(501 Great Writers)』『책방 손님이 말하는 이상한 말들(Weird Things Customers Say in Bookstores)』『세상을 바꾼 책들(Books that Changed the World)』같은 책이 쏟아지는 미국·유럽 시장이지만, 국내 출판시장에서도 '메타북스(metabooks)'라고도 불리는 '책들에 대한 책들' 분야는 차츰 포화상태로 치닫고 있다. 헌데 최근 주목할 만한 이 분야 책 두 권이 출간됐다. 『책에 대해 던지는 7가지 질문』(이하 『질문』)과 『책의 정신』(이하 『정신』)이다.

굳이 분류한다면 『질문』은 초·중급, 『정신』은 중·고급 독서가용에 가깝다. '고전이란 무엇인가' '어떤 책을 언제 어떻게 읽을 것인가'에 대한 고민이 있다면, 믿을 만한 검증된 결론은 『질문』에 다 나와 있다. 『질문』은 '백과사전식 교과서'라고 부를 만하다. 남독·난독·탐독·다독·속독·정독의 차이를 잘 모르는 중고등학생이 읽어야 할 책도 『질문』이다.

상대적으로 『질문』은 정론(正論), 『정신』은 탁견(卓見)을 좋아하는 독자들에게 잘 어울린다. 『질문』의 초두에 나오는 '책을 읽지 말아야 할 이유는 무엇인가?'는 독서의 기회비용에 대해 생각하게 한다. 『정신』에 나오는 "이 세상 모든 책은 하나하나가 다 하나의 편견이다" "편견은 수많은 편견을 접함으로써 해소된다" 같은 말들은 무릎을 치게 하는 깨달음을 준다.

두 권 모두 고전이라는 거짓말과 참말에 대해 다루고 있는데 『질문』은 총론, 부제가 '세상을 바꾼 책에 대한 소문과 진실'인 『정신』은 각론이라고 보면 된다. 『정신』은 특히 정치·과학 혁명과 책의 함수 관계를 명쾌하게 해부한다.

두 책의 공통점은 저자들이 겸허하다는 점이다. 이들은 이미 다수의 역저를 펴낸 검증된 작가들이다. '무공(武功)이 장난이 아닌' 작가들이다. 그러나 이들은 함부로, 쓸데없이 누군가를 비판하거나 가르치려고 들지 않는다. 개방적 자세도 돋보인다.

『질문』의 정수복 작가는 프랑스 유학파 출신으로 『의미 세계와 사회운동』『삶을 긍정하는 허무주의』 등 저서가 9권이 넘는다. 『정신』의 강창래 작가는 출판인들의 사랑을 듬뿍 받고 있다. 2005년 이후 1000회에 이르는 전국 도서관 강연을 했다. 『정신』의 초고는 출판 전문지 '기획회의'에서 탄생했다. 출판인들이라는 전문가 집단이 좋아한다는 것은 그만큼 대중성은 없을 수도 있다는 것을 암시할 수 있지만, 강창래 작가의 『정신』은 술술 재미 있게 잘 읽힌다. 이어령 선생과 인터넷 서평꾼 로쟈가 '강추'하는 책이기도 하다. 출판평론가 한기호는 『정신』에 대해 "우리도 이만한 서적사가(book historian)를 두었다는 점에서 대단한 자부심을 느꼈다"고 고백했다.

『질문』과 『정신』은 그 유용성이나 실용성, 깊이, 포괄성에서 난형난제(難兄難弟)다. 결국 판단은 독자의 몫이다. 책 구성의 엄밀성만 따진다면 기자의 편견은 『질문』에 한 표, 책의 가독성 측면에서는 『정신』에 한 표를 던지게 한다.

'간소화의 법칙(law of parsimony)'이라는 잣대를 들이대 본다면 이 두 권으로 책에 대한 고심 중 70% 정도는 해소할 수 있다. 아끼는 사람들, 좋아하는 이들을 위한 크리스마스 선물을 아직 정하지 못했다면 이 두 권을 함께 사서 드리는 것도 괜찮겠다.

※ 책에 던지는 7가지 질문
　정수복 지음, 296쪽 / 1만5000원
※ 책의 정신
　강창래 지음, 알마 / 376쪽, 1만9500원

중앙일보, 2013.12.21, 김환영 기자

침묵은 하느님의 선물

목소리를 잃었습니다. 감기 때문입니다. 해마다 환절기가 되면 겪는 일이라, 조심하고 또 조심을 했는데도 소용이 없었습니다. 많은 사람들 앞에서 강의를 해야 하는 저로서는 정말 난감한 일입니다. 어떻게든 치료를 해보려고 병원을 방문했습니다. 의사에게 제 사정을 말하고, 목소리가 빨리 돌아올 수 있게 해달라고 했습니다. 그런데 의사가 내놓은 처방은 약이 아니었습니다. 몸살과 같은 증상은 약을 줄 수 있지만 목소리를 되돌아오게 하는 가장 빠른 방법은 "말을 하지 않는 것"이라는 겁니다. 조금 당황했지만, 의사를 믿고 그렇게 해보기로 했습니다. 다행히 강의 날짜까지는 이틀의 여유가 있었으니까요.

목소리 없이 살았던 이틀은 평소와 많이 달랐습니다. 아이들이 아무리 늦장을 부려도 소리를 칠 수 없으니, 화를 덜 내게 됐습니다. 아이들이 좋아했음은 물론이지요! 용건 없는 통화를 하지 않으니 누군가를 험담하는 뒷담화를 줄일 수 있었고요. 말을 할 수가 없으니 앞에 앉은 상대가 더 많은 이야기를 하게 됐고, 저는 더 열심히 듣게 되었습니다. 평소라면 제가 더 많은 말을 했을 텐데 말이에요. 이틀 동안의 침묵으로 저는 침묵의 가치와 의미를 새롭게 깨닫게 되었습니다. 왜 침묵을 '금'이라고 하는지도 알게 됐지요.

  해마다 겪게 되는 '강제 침묵'은 어쩌면 하느님이 주시는 선물일지도 모르겠습니다. 말을 많이 해야 하는 저에게 말을 줄이고, 다른 이의 소리에 귀 기울여 보라고 주시는 특별한 선물 말이에요. 이제 목소리가 원래대로 돌아왔지만, 저는 오늘도 침묵하는 마음으로 생활합니다. 하느님께서는 침묵 속에서 저에게 가르침을 주실 테니까요.

카톨릭신문, 2017.03.26. 윤성희(아가타) 손편지 강사·작가

환원

건국대학병원 송명근 교수는 6년 전 자신의 전 재산을 사회에 환원하겠다고 발표했다. 그는 200억 원이 넘는 재산을 모은 뒤 사회 환원을 명시한 유언장을 쓰고 이를 공증해 놓았다. 아들과 딸에게는 각각 3억 원의 결혼과 전세 비용을 주고 나머지는 모두 환원한다는 내용이었다.

'사회생활로 번 돈은 사회로 다시 돌려주는 것이 나의 인생철학'이라고 송 교수는 밝혔다. 매너 좋은 낚시꾼이 손맛을 본 뒤 물고기를 다시 물에 돌려보내는 것 같은 신선함이 느껴진다.

1990년대 초엔 대동맥 인공판막 수술에 4~5백만 원의 비용이 들었다. 송 교수는 매주 돼지 심장 10여 개를 구해서 자신이 개발한 판막기능 보조 수술법을 연구했다. 그 뒤 심장판막 장비를 제조하는 회사를 세웠는데, 값은 기존 제품의 절반 정도였다. 이 제품은 세계적으로 돌풍을 일으켰다. 그는 회사 지분의 40%를 가진 데다 제품판매 로얄티로 200억 원의 돈이 들어왔다. 앞으로 얼마나 더 불어날지 모른다.

송 교수가 전 재산을 사회에 환원하겠다는 결심은 유한양행 창업자 유일한 박사의 전기를 읽고 영향을 받았다. 현재 전세계 심장판막 시장은 1조 5천억 원 규모로 그의 제품이 5년 이내에 1/3을 확보할 것으로 전망한다. 재산이 더 늘면 마음이 변할까 봐 유언장 공증 공개를 서둘렀다고 밝혔다. 그는 세가지 원칙을 세웠다. 심장병 연구와 소외된 노인 복지, 그리고 버려진 고아들을 위해 써야 한다고 공증해두었다.

세계 34위 부자인 사우디아라비아의 알 왈리드 왕자가 자신의 전 재산인 320억 달러(약 35조8천억 원)를 기부하겠다고 밝혔다. 그 돈은 다른 문화 간 이해 증진, 사회·경제적 약자 지원, 청소년 교육, 재난 구호 등에 쓰일 예정이다. 그는 빌 게이츠가 거액을 기부한 것을 보고 감명을 받았다고 했다. 알 왈리드 왕자는 살만 국왕의 조카이자 세계적 투자회사 킹덤홀딩스 회장으로, 일찍 개인 사업을 시작한 그를 '아라비아의 워런 버핏'으로 불린다. 그는 '사람은 전성기에 아주 극적인 결정을 내려야 한다.'고 말했다.

얼마 전 신원그룹 박 모 회장이 수백억 원대의 재산을 숨겨둔 채 허위로 개인 파산과 개인회생을 신청하여 270여억 원의 빚을 면제받은 사실이 탄로되어 검찰이 수사에 나섰다는 보도가 있었다. 우리나라 부자들은 기부에 인색하고 재산을 사회에 환원하는 일이 드물다는 것은 누구나 아는 사실이다. 부자들에게만 재산을 환원하라 하지 말고 일반 사람들도 나서지 그러느냐 하면 할 말이 없다. 나 자신도 마찬가지다.

유일한의 유한양행은 38선 이북과 만주 및 중국에까지 진출하여 기업 활동을 펼쳤는데, 한반도가 분단되면서 그 지역의 모든 상권을 일시에 잃고 말았다. 전체 자산의 80%에 이르렀다. 6·25 한국전쟁을 겪은 뒤 유한양행은 국내 최초로 항생물질 제품을 생산해냈고, 간유에서 비타민을 추출하여 정제를 만드는 데 성공했다.

　유일한은 76세의 나이로 세상을 떠났다. 그는 유언에서 자신의 모든 주식을 학교재단에 넘기고, 딸에게는 묘지 주변 땅 5천 평을 주도록 했다. 아들에게는 "대학까지 졸업했으니 앞으로 자립해서 살아가라."는 유언을 남겼다. 그러면서 재산을 한푼도 남기지 않았다. 남은 것은 양복 두 벌과 구두 두 켤레뿐이었다. 그가 뿌린 씨앗은 오늘에 와서 송명근 교수의 재산 사회환원으로 이어지고 있다

전민일보, 2015.08.18, 김현준 수필가

리더는 성공보다 실패를 공유해야

"2500년 전 중국 장자(莊子)편에 나오는 '무용지용(無用之用)'은 사물의 쓸모가 있고 없고는 사물에 내재된 속성이 아니라 그것을 바라보는 우리의 마음에 있다는 의미이며 사람도 마찬가지입니다. 이 세상에 아무짝에도 쓸모없는 사람은 없습니다. 리더는 무용지용의 의미를 깨달아야 합니다."

김형철 교수는 리더가 가져야할 덕목을 철학적인 관점에서 강연하였다.

장자가 길을 가다 나무를 봤다. 한 나무는 워낙 재질이 좋아서 또 한 나무는 너무 곧고 바르게 자라 베어졌다. 또 다른 한 나무는 꽃이 너무 예뻐 베어졌다. 그다지 좋지 않은 재질에 꽃도 예쁘지 않고 구불구불하게 못생긴 나무만이 남았다. 쓸모가 없어 베어지지 않았다. 그러나 그 나무는 더운 여름날 사람들에게 그늘을 만들어줬다. 버려졌지만 시민들에게 그늘을 줌으로써 쓸모가 있게 된 것이다.

김교수는 '용처를 알면 쓸모가 있고 모르면 쓸모가 없는 것'이라며 '리더는 부하들의 능력을 꿰뚫어보고 일을 나눠주는 사람이 돼야한다'고 말했다. 특히 리더는 실패에 대한 다른 관점도 가져야 한다고 강조했다. 실패를 공유하라고 했다. 실패의 공유도 비용을 절감할 수 있어 더욱 중요하다고 강조했다.

리더가 부하를 평가하는데 있어 성과만을 인정하면 실패는 숨길 수 밖에 없기 때문에 실패도 보상해야 자발적인 공유가 이뤄질 수 있다는게 그의 지론이다.

리더의 또하나의 덕목은 교육이다. 사람은 대부분 자신이 모른다는 사실 자체를 모른다고 한다. 그러나 2500년 전 아테네에서 가장 현명했던 소크라테스는 자신이 모른다는 사실을 알았다. 이 때문에 늘 배움의 자세로 살았고 위대한 철학자가 되었다.

인간은 배움을 원하기 때문에 배움의 기회를 끊임없이 줘야 한다. 자신이 배울수 있다고 생각하는 조직원은 그 리더를 떠나지 않는다. 리더는 책임을 지는 사람이 아니라 책임을 나눠주는 사람이고 명령하기 보다는 질문하는 사람이라며 부하에게 배울수 있는 기회를 제공하고 늘 격려하는 리더가 성공하는 리더라고 말했다.

덕형포럼서 리더 덕목강연 김형철 연세대 교수(2014. 09. 04)

미래를 꿈꾸려면 가치관이 분명해야

청소년·청년 대상의 강의나 토크콘서트에 연사로 나가면 참석자들은 이런 질문을 자주 한다. "내 꿈을 어떻게 찾을 수 있을까요?" "내 꿈이 무엇인지 알 수 없어서 불안해요." 젊은 시절에 이런 고민을 하는 것은 자연스러운 일이라고 생각한다.

JTBC '비정상회담' 출연자를 비롯한 동료 연사들은 그런 참석자들 앞에서 "꿈을 가지세요!" "꿈을 좇는 것을 응원하겠습니다"고 말하는 경우가 많다. 나도 꿈을 가지라고 조언해 왔다. 하지만 최근 들어 다른 생각이 조금씩 고개를 든다. 젊은 사람에겐 꿈보다 더 중요한 것이 있다고 믿기 시작했기 때문이다. 그것은 바로 가치관이다.

내 주변의 많은 한국 사람은 자신의 꿈을 갖고 이를 이루기 위해 열심히 노력하고 있다. 글로벌 마인드를 가지고 유학이나 해외 취업을 꿈꾸는 청년도 적지 않다. 하지만 꿈이 있어도 미래에 대해 고민하고 불안해하는 사람이 적지 않다. 꿈이 계속 바뀌기 때문이다. 나도 어린 시절부터 하고 싶은 일이 수시로 바뀌었다. 매일 어머니에게 달려가 "엄마, 나 드디어 하고 싶은 일을 찾았어요"라고 말씀드렸지만 다음 날이면 꿈을 다른 것으로 바꾸기 일쑤였다. 꿈, 즉 '하고 싶은 일'은 이처럼 수시로 바뀌는 것이 자연스럽다.

우리는 꿈이 이렇게 쉽게 바뀌는 것을 행복하게 여겨야 한다. 바로 꿈에 대한 선택권, 좀 더 넓게 말하자면 자유 때문이다. 많은 선택지 중에 하나를 쉽게 고르지 못하고 오랫동안 고민하는 것이야말로 바로 우리가 자유로운 인간이라는 상징이다. 따라서 이처럼 매일 바뀔 수 있는 꿈만 바라보고 사는 것은 불안할 수밖에 없다.

그래서 하루하루를 어떻게 살아야 할지를 알려 주는 윤리적인 바탕이 꿈보다 더 중요한 것 같다. 그것이 바로 가치관이다. 남을 도와주겠다는 가치관, 환경보호를 위해 애쓰겠다는 가치관, 사랑하는 가족을 위해 무엇이든 최선을 다하겠다는 가치관 등은 어떤 상황에서든 우리를 가치 있게 만들어 주는 인생의 동반자다. 하지만 인간은 완벽하지 않은 존재라 자신의 가치관에 어긋나는 행동을 하기도 한다. 그랬을 때도 자포자기하지 말고 잘못을 인정한 뒤 가치관을 더욱 분명히 하는 계기로 삼아야 한다. 홍콩 무술인이자 배우인 리샤오룽(李小龍)의 말을 빌려 이를 표현하겠다. "내가 잘못을 했다고 진심으로 인정하면 실수는 언제든지 용서될 수 있다(Mistakes are always forgivable, as long as you are ready to admit them)."

중앙일보. 2015.09.17. 다니엘 린데만(JTBC '비정상회담' 출연자)

위대한 '공부 거짓말'의 위기

두 달 전 식사 자리에서 만난 강원도 부교육감은 힘든 일 중 하나가 학교 방문 때 학생들의 질문에 답하는 것이라고 했다. 그가 뽑은 '안 나오길 바라지만 늘 나오는 곤혹스러운 질문' 1위는 "공부를 왜 해야 하나요?"였다. 그 부교육감은 대학에서 교육학을 전공했고, 교육 행정고시에 합격해 교육부에서 약 25년간 일했다. 그도 이 원초적 질문에 어려움을 느낀다는데 보통의 선생님과 부모는 오죽할까.

"공부 열심히 하거라." 영화 '사도'에서 영조가 세자에게 당부한다. 글 외우는 데는 소질이 없고 그림 그리기를 좋아하는 아들은 공부가 좋은 적은 1년에 한두 번이라고 말한다. 아버지 임금은 할 말을 잃는다.

도대체 왜 공부를 열심히 해야 하는가. 고상함을 포기한 일반적 답은 '잘 먹고 잘살기 위해서'다. 좋은 대학·직업으로 이어지는 출세론이다. 공부 잘해서 의사·법조인·교수가 되라고 한다. '30분 더 공부하면 마누라 얼굴이 바뀐다'고 쓰인 급훈이 걸려 있는 교실도 있다. 그런데 이 논리는 이제 잘 안 먹힌다. 고학력과 고소득 사이에 여전히 정적 상관관계가 있지만 그 크기가 많이 줄었다.

고전적 답변으로는 '훌륭한 사람이 되기 위해서'가 있는데 제법 품격을 갖췄지만 결정적 허점이 있다. "훌륭한 사

163

람이 어떤 사람이냐" 또는 "공부를 하면 왜 훌륭한 사람이 되느냐"는 2차 질문을 유발한다는 점이다. '훌륭'의 실체를 설명하기 어려우니 반기문 유엔 사무총장처럼 공부 잘해서 큰 인물이 된 예를 들게 된다. 하지만 안타깝게도 공부는 잘했지만 결코 훌륭해졌다고는 볼 수 없는 인물이 우리 사회의 곳곳에 있어 설득력이 떨어진다.

교육철학자인 이홍우 전 서울대 교수는 『교육의 목적과 난점』이라는 책에서 '공부는 해보지 않고서는 왜 해야 하는지를 알 수 없는 일'이라고 역설한다. 공부는 세상을 보는 안목과 인식을 기르기 위한 것인데, 그 안목과 인식을 갖추지 않으면 그게 뭔지 알 수 없다고 설명한다. 결국 그의 주장은 공부의 목적으로 어른들이 제시하는 모든 건 공부를 시키기 위한 선의의 거짓말이라는 것이다. 틀리다고 말하기가 힘들다.

그런데 요즘의 '공부 열심히'는 모르는 것을 꾸준히 알아가는 게 아니라 '아는 것을 실수하지 않는 부단한 연습'에 가까워졌다. 이른바 '물수능'과 쉬운 학교 시험의 효과다. 인류가 위대한 거짓말로 지켜온 문명이 사교육과의 전쟁이라는 특수 상황 논리에 휘둘리고 있다.

중앙일보, 2015.09.30, 이상언 사회부문 차장

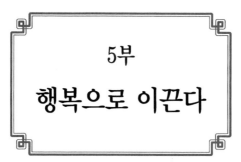

5부

행복으로 이끈다

"감사합니다" 외치면 행복해진다

1991년 11월, 나는 스페인 바르셀로나에서 아내와 결혼했다. 2주일 뒤, 미국의 추수감사절 만찬을 재현해 스페인 사돈들에게 미국 문화를 음미하게 해주자는 생각이 떠올랐다. 그러나 바르셀로나에서 칠면조는 흔치 않았다. 프랑스의 농장을 수소문해 겨우 칠면조 한 마리를 구했다. 그러나 이 칠면조는 털이 뽑혀 있지 않았고, 부엌의 오븐은 칠면조가 들어가기엔 너무 작았다. 크랜베리 소스가 뭔지 아는 사람도 없었다..

감사 생활화하면 행복감 커져
긍정적 감정 관여 뇌 부위 증대
화난 상대 무장해제에도 탁월
하루 2건씩 감사 e메일 쓰길

어렵사리 요리된 칠면조를 먹으며 사돈 가족들은 많은 질문을 했다. "이 짐승 안에 왜 이렇게 빵을 채웠나?"처럼 예상했던 질문도 있었지만 "감사하는 마음이 없어도 '추수감사절'을 기념해야 하나?" 같은 철학적 질문도 있었다. 나는 감사하는 마음이 없어도 감사하다는 말을 하는 게 맞다고 생각한다. 다시 말해 감사를 표현하면 정말로 감사를 느끼게 된다. 물론 인생이 힘드니까 감사하다는 말 한마디 하기도 쉽지 않은 사람이 많다. 추수감사절만 되면 술에 취해 정치 이야기로 분위기를 망치는 삼촌이 한 명쯤 있다면 알 것이다. 그러나 참을 수 없이 어려운 상황에서도 선천적으로 감사한 마음을 품는 사람들이 있다.

신경과학계는 지난해 '감사하는 마음과 관련된 유전자 (CD38)'의 변이 형태를 발견했다. 이런 변이 유전자를 지닌 사람들은 자신이 맺은 인간관계에 만족하고 배우자의 노력을 더 잘 포착하며 사랑을 포함한 긍정적 감정에 민감한 이들이다. 물론 인간은 유전자의 노예가 아니다. 이런 유전자가 없는 사람도 '감사하는 자세'를 생활화하면 행복감이 커진다는 게 학계의 연구결과다. 지난 1주일 동안 감사했던 일을 종이에 적은 사람들과 1주일 동안 힘들었던 일들을 적은 사람들을 비교해 보니 전자의 만족도가 후자보다 훨씬 높았다는 보고도 있다. 이유는 뭘까? 실제 감정과 상관 없이 행복한 것처럼 행동하면 뇌가 긍정적 감정을 발산하게 된다. 사람들에게 20초간 미소를 지으며 눈가 주름을 만드는 눈 주위 안륜근을 사용하도록 한 실험이 있었다. 그러자 긍정적 감정과 연관된 뇌 부위에 자극이 전해지는 게 발견됐다.

좋은 일에 집중하면 나쁜 일에 집중하는 것보다 기분이 좋다. 과학인 동시에 상식이다. 10대가 된 우리 아이들이라면 "다 아는 말을 해주어 진짜 고맙다"고 답할 것이다. 스토아학파 철학자 에픽테토스의 표현을 빌려 좀 더 우아하게 말하자면 "가지지 못한 걸 슬퍼하기보다는 가진 걸 기뻐하는 사람이 합리적"이다.

감사를 선택하면 나 자신이 행복을 느끼는 동시에 주위 사람의 좋은 면도 끌어낼 수 있다. 다시 말해 따뜻한 목소리로 '고맙다'고 말하는 건 화가 잔뜩 난 상대를 무장해제시키는 최상의 방법이다. 나는 10년 전 어느 대학의 종신 교수가 된 뒤 자선적 나눔에 대한 글을 썼고, 당황스럽게도 많은 대중을 독자로 얻었다. 어느 날 모르는 사람으로부터 "당신은 엉터리"라고 시작되는 메일을 받았다. 그는 내 책 내용을 챕터별로 짚어가며 문제점을 기술했다. 한데 나는 분노 대신 기쁨을 느꼈다. "날 모르는 사람이 내 책을 이렇게 자세히 읽었다니!" 그래서 "귀한 시간을 내 책을 읽어주셔서 감사하다"라는 답신을 보냈다. 즉각 답장이 왔다. 이번에는 따뜻하고 친근한 말들로 채워져 있었다.

감사를 표시하면 안 좋은 점도 있을까? 그럴 수도 있다. 살이 찔 수도 있다는 연구결과가 있다. 소비심리학계의 연구에 따르면 '감사하라'는 요구를 받으면 단 음식이 먹고 싶어지는 것으로 나타났다. '호박파이 패러독스'라 부를 수 있겠다. 그럼에도 우리가 갈 길은 분명하다. 감사를 생활화하라. 우선 만나는 사람들에게 "감사합니다"라고 인사를 던져 보라. 이어 매일 아침 사랑하는 사람이나 친구에게 감사를 전하는 e메일을 무조건 두 통씩 써 보내라. 모닝커피처럼 반드시 하는 습관으로 만들어야 한다. 또 쓸데없어 보이는 주변의 모든 것에도 감사를 표시하라.

가족이나 애인에게 감사하기는 쉽다. 그러나 진정으로 행복한 사람은 작고 하찮은 일상사에 대해서도 감사할 줄 안다. 제라드 맨리 홉킨스의 시 '얼룩무늬의 아름다움(Pied Beauty)'을 음미해 보자. "알록달록한 것에 대해 신께 감사하라/ 얼룩소처럼 한 쌍의 색으로 무늬를 이룬 하늘에/ 헤엄치는 송어를 점점이 뒤덮은 장미 반점에/ 갓 피운 숯불에 껍질을 비집고 나온 밤과 멋쟁이새의 날개에/ 조각조각 나뉜 농토에/ 모든 생업과 연장, 도구, 장식들에 대해/ 감사하라, 감사하라."

솔직히 말해 보자. 송어의 무늬를 보며 감사해 본 일이 있나? 한번 해보라. 길을 걷다 코끝에 감긴 가을 내음, 우연히 내 귀에 날아든 노래 한 가락에 감사를 표해 보자. 기쁨이 충만해질 것이다. 나 역시 얼마 전 '감사 리스트'를 업데이트했다. 가족과 친구, 신앙과 일에 감사하는 내용이다. 빵으로 속을 가득 채운 칠면조의 얼룩 껍질에도 감사한다. 마지막으로 이 칼럼을 끝까지 읽어준 당신도 나의 감사 리스트에 들어 있다.

중앙일보, 2015.12.02, 아서 브룩스 미 AEI 연구소 대표

행복은 나의 것

　행복하면 떠오르는 얼굴. 활짝 웃고 있는 그 얼굴. 2010년 2월, 아프리카 수단 남쪽의 작은 마을 톤즈, 남수단의 자랑인 톤즈 부라스 밴드가 마을을 행진하고 있었다. 선두에 선 소년들은 한 남자의 사진을 들고 있었다. 환하게 웃고 있는 사진 속의 그 남자. 그 사진에 겹쳐 떠오르던 다른 모습의 그의 얼굴. 한센병 환자를 치료하면서도, 새로 지은 병원의 지붕 위에 올라앉아서도, 흙탕물 같은 개울에서 그 곳 소년들과 한 타령이 되어 뒹굴면서도 그는 웃고 있었다.

　마을 사람들은 톤즈의 아버지였던 그의 죽음이 믿기지 않는다면 눈물을 흘렸다. 강인함과 용맹함의 상징인 종족 딩카족. 눈물을 가장 큰 수치로 생각하며 무슨 일이 있어도 눈물을 보이지 않던 그들을 울리고야 만 그 남자.

　그 곳 삭막한 땅 톤즈에서 눈물의 배웅을 받으며 이 세상 마지막 길을 떠난 사람. 마흔 여덟의 나이로 짧은 생을 마감한 고故 이태석 신부. 톤즈의 아버지이자, 의사였고 선생님, 지휘자, 건축가였던 쫄리 신부님 이태석. 자신의 모든 것을 바쳐 그들을 사랑했던 헌신적인 그의 삶. 그의 생애를 다룬 다큐멘터리 '울지마 톤즈'를 보면서 나 또한 주체할 수 없는 많은 눈물을 흘렸다.

세상 사람들이 추구하고 있는 것들, 명예와 부, 안락과 평안을 버리고 톤즈로 달려가 그 곳 사람들의 행복을 위해 자신을 불살랐던 사람, 그들 모두에게 희망을 주었던 사람. 마지막 그를 배웅한 후 누가 시키지도 않았는데도 흩어지지 않고 한 자리에 모여 부라스 밴드가 연주했던 그 노래. '사랑해, 당신을 정말로 사랑해. 당신이 내 곁을 떠나간 후에 얼마나 눈물을 흘렸는지 모른다오.'

"당신이 추구하는 삶의 목적이 뭐냐?"고 묻는다면 어떤 사람들은 선뜻 대답하지 못하고 한참을 망설이다 "목적은 무슨 목적? 그냥 사는 거지 뭐."라는 무책임하고 회의적인 대답을 할 수도 있겠다. 아님 "이왕 태어났으니 내게 주어진 삶을 열심히 사는 것." 이라는 약간은 불투명하나 자기 삶에 대한 긍정적인 견해를 밝히기도 하겠지. 나아가 "열심히 일해서 돈도 벌고 명예도 얻고 싶다."라는 분명한 삶의 지향점을 제시하는 이도 있겠다. 또 어떤 이는 이렇게 형이상학적인 대답을 할 수도 있으리라. "내가 사는 동안 오늘이 어제보다 그리고 내일이 오늘보다 더 성숙한 사람이 되기 위해 꾸준히 노력하는 것."이라는.

그리고 "추구하는 삶의 목적을 이루었을 때 얻게 되는 것은 무엇일까?"라고 또 묻는다면 대부분의 사람들은 망설임 없이 행복이라고 말하지 않을까. 모든 사람들이 간절히 바라고 있는 행복. 그렇다면 행복해지기 위해서 어떤 조건이 필요할까. 흔히들 세상에서의 행복조건을 건강과 재물, 그리고 권력과 명예라고 말한다. 그러나 이런 것들을 다 이

뤘다고 진정한 행복을 느낄 수 있을까.

 사람의 욕심이란 끝이 없다. 무엇인가를 원하고 그것을 손에 넣는다고 행복해지지는 않는다. 원하던 것을 손에 넣는 순간 대부분의 사람들은 더 큰 것을 원하게 된다. 그렇다면 우리의 삶이란 원하는 것을 얻기 위한 끊임없는 질주요, 목마름이니 헉헉대며 달려야 하는 그 과정이 어찌 평탄하기만을 바랄 수 있으며 그 갈증에 어찌 마음이 평안할 수 있을까. 이루려고 힘쓰면 힘쓸수록 평안과 행복은 자꾸 뒷걸음치기 일쑤다.

 그렇다면 진정한 행복이란 더 가지려고, 더 이루려고 힘쓰기보다는 그 욕심들을 덜어내는 데 있지 않을까. 남보다 가진 것은 적어도 늘 만족하고 기뻐하면서 살 수만 있다면 진정한 행복은 나의 것

전북일보. 2013.10.10. 김은실 수필가

가난한 사랑

내 믿음은 가난 속에서 성장했다. 가난한 마음은 곧 간절한 마음이 되어 예수님께 대한 깊은 신뢰심을 갖게 했다. 나는 일찍이 가난한 삶을 사신 예수님으로부터 희망과 용기를 얻었다. 만약 가난이 희망의 가치를 품을 수 없는 것이라면 예수님께서도 가난을 사랑의 대상으로 포용하지 않으셨을 것이다. 가난은 곧 자비의 대상이기에 예수님께서도 가난 속의 고통을 보시는 심정의 기점에서 구원을 이루겠다고 약속하셨고, 나는 그 말씀을 믿었다.

사실 가난은 내 시의 터전이었다. 가장 겸손한 자리였다. 뭐든 위에서 내려다보면 보이지 않지만 아래서 올려다보면 실체가 잘 보이듯이 가난한 마음과 가난한 눈에는 존재의 진실이 잘 보였다. 그러므로 가난은 부끄러운 처지가 아니라 희망이 성장하는 빛의 터전이었다. 세상 탐욕에 휘둘리는 바닥이 아니라 구원에 대한 믿음과 찬미의 시를 봉헌하는 성소였다.

"가난하다고 해서/ 불행한 것은 아니다.// 가난하기 때문에 근심이 가볍고/ 가난해서 행복이 깨끗하다.// 가난하다고 해서/ 실패한 것은 아니다.// 가난하기 때문에 고난을 견디고/ 가난해서 희망이 소중하다.// 가난하다고 해서/

무지한 것은 아니다.// 가난하기 때문에 이해심이 넓고/ 가난해서 지혜가 순박하다." (졸시「가난한 삶」전문)

　예수님의 또 다른 이름은 '가난한 사랑'이었다. 주님께 봉헌한 시집 제목이기도 하다. 예수님은 가난했지만 곧 사랑이었기 때문이다. 예수님은 병들고, 가난하고, 갇힌 이들, 버림받은 이들을 찾아다니셨는데 바로 '그들이 곧 나'라는 사실을 깨닫는 순간, 나는 눈물을 흘렸다. 누가 진정 예수님을 사랑하는가? 그에게 가난한 마음보다 더 나은 땅은 없으리라.

카톨릭신문, 2016.7.31. 이인평(아우구스티노·시인)

당신의 황금기는 바로 지금

'here'와 'now'
순간에 충실할 때
인생이 즐거워진다

우리나라 사람들은 유독 나이에 민감하다. 처음 만나는 사람도 나이부터 묻는다. 인터뷰 기사에는 언제나 이름 뒤 괄호 안에 나이가 적혀 있다. 평소 나이를 잊고 살기에 그 숫자를 보면서 내 나이가 이렇구나 느끼기도 한다.

대학 시절 어느 교수님이 나에게 몇 살이냐고 물으시기에 대답했더니 고개를 끄덕이며 웃기만 하셨다. 인턴이 된 뒤 그 교수님이 또 나이를 물었다. 이번에는 "참 좋을 때다"라고 했다. 전문의가 되었을 때도 같은 질문을 하신 뒤 "정말 좋은 때다"라고 말씀하셨다. 교수님은 왜 번번이 나이를 물었던 걸까? 한참 뒤에야 알았다. 교수님은 나에게 '지금 네 나이가 제일 좋을 때다'는 말을 해 주고 싶었던 것이다.

강연에 나가 주로 하는 이야기 가운데 하나가 '인생의 황금기는 바로 지금'이라는 내용이다. 나는 지금이 내 일생 중에서 가장 행복한 시기라고 말한다. 나는 다섯 살 때 죽을병에 걸렸지만 살아나 행복했다. 스무 살에는 외아들을 지나치게 과보호한 어머니의 품에서 벗어나서 자유로움을 느꼈다. 서른 살엔 경제적으로 힘들었지만 아내와 아이들의 따뜻한 가족애로 행복했다. 마흔 넘어 일에 지칠 땐 네팔에 봉사 활동을 하러 가서 새로운 기쁨을 찾았다. 돌아보면 매 시기가 행복이고 황금기였다. 죽음이 코앞에 있는데 뭐 그리 행복하냐고 하겠지만, 죽음이 오기 전까지 나는 언제나 인생의 황금기를 살고 있다고 믿는다.

환자 가운데 죽을까봐 겁을 내는 이가 있었다. 그가 대학생일 때 우리는 처음 만났다. 선천적으로 몸이 약했던 그는 죽음에 대한 불안 때문에 아무것도 못했다. 자동차도 못 탔고 바람이 부는 날에는 간판이 머리 위에 떨어질까 두려워했다. 계속 치료를 받으며 인연을 이어온 그가 어느덧 50세가 됐다. 하루는 그가 이렇게 말했다. "선생님, 저는 왜 그리 죽음이 무서웠던 거죠? 그냥 맛있는 거 먹고 가고 싶은 데 다 가 보면서 살았으면 좋았을 텐데요." 그는 걱정하고 두려워하며 보낸 지난 시간을 진심으로 후회했다. 미래를 걱정하며 살았든, 걱정일랑 집어치우고 살았든 결국 시간은 똑같이 흘러 버리는 것을…. 나는 그에게 혹 이번에는 지난 세월을 후회하느라 지금 시간을 낭비하지 말라고 충고해 줬다.

인생은 '여기here'와 '지금now'이다. 행복을 즐길 시간과 공간은 바로 지금, 여기다. 이것을 깨닫지 못하는 이들은 항상 다른 곳, 바깥에만 시선을 두고 불행해한다. 행복한 감정을 불러일으키는 물질인 엔도르핀은 과거의 행복한 기억, 미래에 다가올 행복 때문에 생기는 게 아니다. 지금 내가 즐거워야 형성된다. 사람이 어떻게 늘 행복하기만 하느냐고, 슬프고 괴로운 때도 있지 않느냐고 묻는 이들도 있다. 좋든 나쁘든, 나에게 닥친 이 순간에 충실할 때만이 인생은 즐거워진다.

지난날 이따금 나에게 나이를 물으셨던 교수님을 다시 뵌다면 나는 이렇게 대답할 것이다.

"자네 올해 몇인고?"

"네, 78세입니다. 가장 좋은 나이지요."

한국교직원신문, 2016.2.22. 이근후 이화여대 명예교수

마음을 깨우치는 글

중국의 한 도가(道家)가 마음을 다스리는 글을 남겼다. 그 글의 제목은 성유심문(誠諭心文)인데 후세에 전해지기를 금언(金言)이 아닌 말이 없다는 서평을 내렸다. 다만 그 글을 남긴 도가의 생몰 연대는 명확한 기록이 없으니 아쉬운 부면이다.

『청검(淸儉)즉 맑고 검소한 생활을 하면 재앙이 일어나지 않게 되고, 복을 불러오게 하는 계기(契機)가 될 수 있다. 몸을 낮추고 겸손히 하는 자세는 미덕(美德)이니 이러한 자세는 항상 남들로부터 존경과 호감을 받는다. 따라서 심정이 편안하고 정서의 통일이 이루어져서 도(道)를 깨달을 수 있다. 마음이 언제나 너그럽고 유쾌한 데서 질환이 몸에 일어나지 않으며, 건강을 오래 유지할 수 있다고 썼다.

사람은 욕심이 많은 데에서 번민이 생긴다. 어떻게 하면 부귀와 영달을 누릴 수 있을까? 또는 주색의 욕구를 채울 수 있을까? 등의 욕망이 생길수록 마음이 괴롭고 근심이 늘어난다. 따라서 근심은 욕심이 많은데서 생긴다 하였다. 사람은 옳지 않은 욕심을 일으켜서는 안된다. 모든 재앙은 흔히 물건을 탐내는 데서 생긴다. 탐욕에 눈이 어둡게 되면 일을 그르치게 되거나 망신(亡身)하는 재앙을 불러오기 쉽다. 그렇게 되기 때문에 사람은 탐욕하는 마음을 억제하기에 힘써야 한다.

모든 허물은 말과 행동이 경솔한 데서 생긴다. 마음이 어질지 못하면 행동도 따라서 못하게 된다. 행동이 어질지 못하면 남을 해치거나 불의(不義)를 자행(恣行)하여 죄악 내지 범죄를 범하게 된다. 사람은 언제나 심성(心性)을 어질게 가짐으로써 죄악이나 범죄를 저지르게 않게 되는 것이다. 눈을 경계하여 다른 사람의 그릇된 점을 보지 않은 것은 교양 있는 사람의 태도라 하겠다. 입을 경계해서 남의 결점을 말하지 않는 것은 자신의 품격을 도야(陶冶)할 뿐만 아니라 주변 사람들과 원만한 인간관계를 유지 할 수 있는 마음가짐이 되는 것이다.

탐욕하는 마음이 일어나면 번민을 가져오게 되고, 성내면 신격을 자극시켜 몸에 해롭다. 따라서 심성을 경계해서 탐내거나 성내지 말라 했다. 악한 벗을 따르면 나도 거기에 물들기 쉽다. 그렇기 때문에 몸을 경계해서 악한 벗을 따르지 말라 했다. 쓸데없는 말을 함부로 지껄이거나 자기에 관계없는 일을 함부로 하려 든다면 자신의 교양을 떨어뜨릴 뿐 만 아니라 과오를 저지르기 쉽다. 그렇기 때문에 쓸데없는 말을 함부로 하지 말며, 자기와 관계되지 않은 일을 언행으로 나타내서도 안된다.

총명한 사람은 한때 사물의 판단에 흐릴 수가 있고 아무리 완벽한 계획도 예상과는 어긋나는 수가 있다. 남을 손상하게 하면 남도 나를 손상시키려 들기 때문에 나 자신도 마침내 손상을 입게 되는 이치이다. 사람은 마땅히 남을 도울지언정 남에게 손실을 입혀서는 안된다. 위에서는 푸른 하늘이 내려다보고 아래에서는 땅의 신령이 살펴보고 있으니, 어찌 두렵지 않을까? 인간은 정도(正道)를 지키고 양심을 속이는 행위는 없도록 경계하고 근신하여야 한다.

근간의 국내 사회사상(社會事象)의 실상을 제시해 볼가한다. 선거를 거쳐서 당당하게 당선 된 지방자치단체의 장과 각종 지방의회 의원 또는 국회의원 등은 막강한 의무와 권한을 수행하는 가운데 비리와 불법을 저질러서 형사 처벌을 받는 인원수가 47.3%라는 모종의 집계가 나온 바 있었다. 마음 깨우치는 도가의 글에 비추어 보면 청검(淸儉) 즉 맑고 검소한 생활을 하면 재앙(災殃)이 일어나지 않게 하고 복을 불러오게 하는 계기가 될 수 있다는 금언을 지키지 않아서 저지른 범죄가 되어 망치게 되었다고 해도 과언이 아니다.

어쨌든 정직하고 천도(天道)의 순리에 순응한 마음의 깨우침으로 살아가는 자세는 어느 시대에나 영예롭고 지혜로운 삶이 될 것이다.

전북매일신문, 2016.12.08, 강병원 칼럼니스트)

미소는 천금보다 값지다.

사람과의 만남 없이 생활할 수 없는 것이 인간사이다. 미소 짓는 표정은 주변 사람들에게 무한한 쾌감과 안정감을 일으키고 어떤 일을 수행하는데 큰 용기를 일으키게 하는 작용도 한다. 따라서 그 분위기에서는 남에게 새로운 의욕과 진취력까지 일으키게 하는 작용도 얻게 된다. 미소를 잃지 않는 사람은 주변 사람들에게 호감과 환영을 받게 마련이다.

얼굴에 나타나는 미소의 표정은 입고 있는 화려한 옷보다 다이아몬드, 진주로 몸치장을 해도 미소 짓는 얼굴에 비할 바가 못 된다. 미국 굴지의 한 보험회사 외무사원이었던 '프랭클린베트커'의 성공담을 소개해 둔다. 그는 누구를 찾아갈 때, 그 방에 들어가기 전에 자기가 그에게 감사해야 할 일을 먼저 생각한 다음 진심에서 우러나오는 웃음을 띠면서 그 기분이 사라지기 전에 상대방을 만난다고 한다. 그가 보험 외무사원으로 대성공을 거둔 것도 이 간단한 테크닉의 힘이었다고 말하고 있다.

또 웃음으로 인해 다시 태어날 수 있었다고 말하는 '스타인 하트'의 말을 들어보자. 미국 증권거래소에서 일했던 스타인 하트는 결혼한 지, 18년이 넘도록 잠에서 깨어나 회사에 출근할 때까지 아내에게 웃는 모습을 보인 적이 없었던 사람이다. 그런 그가 카네기 강연회에서, 깨어 있는 동안에는 매시간 누구에게든 웃음을 던져보고 그 결과를 발표하라는 제안을 받았다. 그는 교육 받은 대로 일주일만 실천해 보기로 각오하고 그 이튿날 아침에 머리를 빗으면서 거울에 비친 딱딱한 자신의 모습을 보며 웃는 연습을 했다고 한다.

나는 아침 식탁에 앉으면서 아내에게 눈인사를 하며, 빙긋 웃어 보였다. 아내는 예상외의 모습에 몹시 놀랐는지 난감한 표정을 지어보였다. 나는 이제부터 매일 이렇게 웃으면서 하루를 시작하겠노라고 약속했고, 그 후 계속 그 약속을 지키겠다. 그와 같이 태도를 바꾼 뒤부터 다른 때 못 느낀 기분이 감돌았음을 느끼게 되었다.

그 뒤로부터 최근에는 매일 아침 출근할 때마다 아파트의 경비원에게도 웃는 얼굴로 인사를 건넵니다. 직장에 들릴 때마다 모두들에게 웃음을 보내며 웃음으로 응대해 주더군요. 그리고 불평이나 말썽거리를 가지고 오는 사람도 명랑한 웃음으로 대해 주게 되었더니 상대방도 명랑한 태도로 대해 주더군요. 문젯거리가 될만한 사소한 일도 서로가 웃는 가운데 쉽게 풀린다는 점을 느끼게 되었다.

미소를 띄우는데 는 아무런 비용이 들지 않지만 주변에는 큰 희망과 쾌락을 주는 것이다. 미소는 가정에는 새로운 행복을, 사업에는 큰 호의를, 우정에는 끈끈한 정을 일으킨다. 지친 사람에게는 안도감과 위로를 얻게 하고 슬픈 자에게는 태양과 같은 빛을 안겨 주는 작용도 한다.

상대에게 호감을 주고 싶다면 미소 짓는 얼굴로 대면해라. 미소 짓는 얼굴은 천금보다 값지다. 큰 고통도 미소 짓는 감정을 표현하면 단시간 내에 고통이 사라지는 분위기를 감득할 수 있을 것이다.

전북매일신문, 2016.03.31, 강병원(칼럼니스트)

접시가 날아도 가정은 행복의 근원

프란치스코 교황은 지난달 27일 미국 필라델피아에서 열린 '2015 세계천주교가정대회' 미사를 집전한 자리에서 "사랑은 아주 간단한 행위에서 시작되고, 가정에서 사랑이 구체화된다"며 "가족은 때로 다투기도 하고 접시도 날아다니지만 그래도 가정이 '희망의 공장'"이라고 말했다. 교황이 당초 하고자 했던 강론의 연설문에는 "가정생활을 위한 여유를 남겨두지 않는 사회는 건강한 사회가 아니고, 가정의 기본적 욕구를 충족시킬 수 있는 법이 없는 나라엔 미래가 없다"고 되어 있었다고 한다. 지난 19일 발표된 경제협력개발기구(OECD)의 '2015 삶의 질' 보고서에 따르면 우리나라 어린이들이 부모와 함께하는 시간은 하루 48분으로 OECD 평균 151분에 훨씬 미치지 못했다. 삶의 질은 최하 수준이라는 얘기다.

사회는 다름 아닌 개별 가정의 집합체다. 가정의 해체는 곧 건강 사회의 붕괴로 이어지므로, 가정을 잘 유지하는 것이야 말로 국가의 미래를 위해 매우 중요하다. 그런데 집안에 '접시'가 날아 다니면 가정의 평화는 위태로운 지경에 이른다. 부부싸움을 하더라도 어떻게든 '접시'가 날기 전에 그쳐야 한다. 가정이 여전히 '행복의 근원'이고 '희망의 공장'이 되기 위해 가족 간에 불화를 미리 막고, 불화가 일어나더라도 곧 수습하는 방법은 무엇일까.

교황이 국가더러 '가정생활의 여유'를 확보하게 하는 입법을 촉구하는 것은 가족 간 의사 소통 시간을 충분히 가지게 하라는 취지로 들린다. 그런데 우선 나 자신부터 소통 시간은 물론 테크닉이 부족하다는 것을 느낀다. 자식이 뭘 좋아하는지 모르다 보니 부자 간 대화가 서먹하다. 세계적 농구 스타 마이클 조던(Jordan)의 영문 이름을 '요르단'으로 읽었다가 농구를 좋아하는 아들로부터 아버지의 그런 무식함이 바로 자신에 대한 무관심의 징표라는 오해를 받았다. 부부 간에는 제자 가섭만이 부처의 뜻을 알고 지었다는 염화시중(拈花示衆)의 미소나 이심전심(以心傳心)이 통하지 않는다. '행복한 결혼은 약혼한 순간부터 죽는 날까지 지루하지 않은 기나긴 대화를 나누는 것과 같다'는 앙드레 모루아의 말이 실감난다.

소통 과정에서 갈등이 증폭되는 주요 원인은 상대방 말을 끝까지 들으려 하지 않고 자기 식으로 곡해해 버린다는 점이다. 특히 남자는 여자의 이어지는 긴 말을 종종 듣기 싫은 잔소리로 여긴다. 잔소리라 싶으면 '여자의 머리는 길다. 그 혓바닥은 더 길다'라는 스페인 속담을 떠올리자. 몽테뉴의 말처럼 아내는 인내를 가르쳐준 최선의 교사라 여기고 여기서 인내심을 키워보는 것은 어떨까. 정신분석학의 대화치료(talking cure)라는 것도 의사가 그저 들어주기만 해도 환자의 히스테리나 정신적 스트레스가 치유된다고 하지 않는가.

불화의 또 다른 주요 원인은 상대방과의 차이 그리고 자율을 존중하지 않는다는 것이다. 사랑하면 같은 방식으로 생각하고 행동하리란 기대는 엄청난 오해이자 착각이다. 사랑에 대하여 에리히 프롬은 '각자 개성과 독특성이 유지되면서 하나가 되는 것'이라고 했고, 칼릴 지브란은 '현악기의 줄들이 하나의 음악을 울릴지라도 줄은 서로 혼자이듯이 서로 마음을 주되, 서로의 마음속에 옭아매어 묶어 두려고 하지 말라'고 했다.

불완전하기 마련인 우리네 인생살이에서 사랑을 키우다 보면 하루에도 냉탕 온탕, 지옥과 천당이 반복된다. 교황은 그래서 "절대 화해하지 않은 채 하루를 마감하지 마라"고 당부한다.

성경 시편에서처럼 천년도 당신 눈에는 지나간 어제 같고 한 토막 밤과 비슷하다. 잠들어 있는 아내의 얼굴을 가만히 보면 언제 세월이 여기까지 달려왔는지 삶의 덧없음에 가슴이 뭉클해진다. 가만히 손을 잡아 보면 따스한 체온이 느껴진다.

파이낸셜뉴스, 2015.10.28, 이주흥 법무법인 화우 대표변호사

진솔하기에 아름다운 이야기들

우리 사회에서 '순박' '정직' '진솔'이란 낱말이 왠지 사치스러운 어휘로 멀어져 간다는 느낌을 지울 수 없어 안타깝기 그지없다. 이런 상황에서 빌리 브란트(1913~92) 서독 총리가 남긴 일화가 생각난다.

1970년 12월 7일 서독 총리가 폴란드를 국빈 방문했을 때의 일이다. 바르샤바에 있는 게토 봉기(Ghetto 蜂起·1943) 희생자를 추모하는 기념비를 찾아가 헌화를 마친 브란트 총리가 갑자기 무릎을 꿇었다. 이른바 '바르샤바의 무릎 꿇기(Kniefall von Warschau)'라는 역사적 사건이다. 그런데 추모 행사를 마치고 다음 행선지로 가기 위해 브란트 총리와 같은 차를 타고 이동하던 폴란드 동승자가 갑자기 브란트의 목을 감싸 안고는 울음을 터뜨렸다는 비화가 전해 온다. 사과의 진정성이 그만큼 감동적으로 전해졌기 때문이리라. 이후 왜 무릎을 꿇었느냐는 사람들의 질문이 잇따르자 브란트 총리는 이렇게 대답했다. "사람이 말로써 표현할 수 없을 때 할 수 있는 행동을 했을 뿐입니다." 바로 다른 나라도 아닌 독일의 오랜 숙적이자 큰 피해를 입은 폴란드가 자국의 수도에 빌리 브란트 광장을 조성해 그의 진솔하고 용감한 행동을 기리는 이유다. 한 정치가의 진솔함이 두 나라 사이의 오랜 원망과 갈등을 화해의 장으로 변화시킨 것이다.

그로부터 20여 년이 지난 95년 4월 말 필자가 독일 베를린에 머물 때였다. 투숙한 호텔방의 TV를 켜자 때마침 독일연방국회의사당에서 거행하는 종전 50주년 기념행사를 중계하고 있었다. 5월 8일이 제2차 세계대전 종식일인데, 그보다 며칠 앞서 행사를 진행하는 것이었다. 리타 쥐스무트 독일연방공화국 국회의장이 첫 연사로 등단해 개회사를 겸한 연설을 했다. 그는 나치 독일이 일으킨 2차대전으로 많은 무고한 희생자가 생겨났음을 참회하는 내용으로 운을 띄우고는 바르토셰프스키(W. Bartoszewski) 폴란드 외교장관을 그 자리의 특별 연사로 초청한 이유를 언급했다. 요컨대 나치 독일이 이웃 나라 폴란드 국경을 침략함으로써 대전의 비극이 시작되었고, 바르토셰프스키 장관이 악명 높은 아우슈비츠 강제수용소에서 살아남은 증인이기 때문이라는 얘기였다. 그러면서 국회의장은 이렇게 덧붙였다. "우리의 과제와 의무는 바로 젊은 세대에게 한 시대의 기억을 계속 전하면서 한때는 반대자이고 적이었더라도 파트너와 친구가 되어 유럽의 통일과 발전 기회로 삼는 것입니다. 그러나 우리 독일인은 전쟁의 원인과 결과를 결코 혼동해서는 안 됩니다." 속죄의 발걸음 속에서도 화합을 추구하는 독일의 전향적 자세를 엿볼 수 있는 대목이다. 뒤이어 연단에 오른 폴란드 외교장관은 "1939년 9월 1일 독일 제3제국이 폴란드를 침략하면서 유럽 역사상 가장 잔악한 전쟁이 시작되었고 45년 5월 8일 독일의 무조건 항복으로 종지부를 찍었다"고 말했다.

그러면서 5년8개월8일 동안 계속된 전쟁 당시 폴란드가 주권을 되찾기 위해 연합군과 함께 육지와 하늘과 바다에서 피를 흘리며 싸웠음을 부각시켰다(폴란드 국민 60만 명이 정규군으로 참전하고 10만 명이 지하 저항 운동에 가담했다).

아울러 폴란드 외교장관은 전쟁으로 인한 피해도 낱낱이 고발했다(나치 독일 점령 아래 수백만 명의 유대인과 폴란드인이 회생되고 강제 이주와 강제 노동을 했으며 영토의 5분의 1이 축소됐다). 그러고는 "과거를 청산한다는 것은 많은 경우 용감한 행위"라고 말하며 브란트 총리가 70년 12월 바르샤바의 추모비 앞에서 무릎을 꿇은 것은 "경외스럽고 역사적인 용기의 표현"이라고 하며 울먹였다.

한 진솔한 사죄가 얼마나 긴 생명력을 지니는지 보여주는 아름다운 이야기가 아닐 수 없다. '정직' '순박' '진솔'이란 낱말의 진정성이 사라져 가는 오늘날의 우리 사회에서는 더욱더 그러하다.

※주해: 이 글은 독일연방국회의 1995년 4월 28일자 자료를 참조한 것임을 밝힌다.

중앙일보, 2016.07.26. 이성낙. 한국 현대미술관회 회장

출필곡 반필면 出必告 反必面

사람을 평가하는 가장 중요한 요소 중 하나가 예절이다. 예절은 상대방을 존중하는 긍정적 마음의 시작이기도 하다. 유도나 검도 등 거칠고 힘든 격투기 운동도 경기 규칙을 보면 예절로 시작해서 예절로 마무리한다. 사람이 동물과 구별되는 가장 큰 차이는 예의와 염치, 도덕을 알고 실천하기 때문이다. 학생들에게 기본생활 습관과 예절, 올바른 언행을 지도하는 것도 바로 사람됨의 품성을 잘 길러주기 위해서이다. 베이비붐세대 까지만 해도 유년시절 밖에서 뛰어놀다가 집에 돌아왔을 때 댓돌 위에 놓인 할아버지의 흰 고무신과 헛기침을 대하면 저절로 마음이 경건해지고 마음을 조아렸다. 이처럼 예절은 언행을 신중하게 하면서 도리에 어긋남이 없도록 하는 것에서 출발한다. 30년 전 필자가 정읍군청 지방공무원에 임용되었을 때의 일화다. 군수님으로부터 사령장을 받고 소속계로 찾아가 인사를 드리자 계장님 말씀이 공직생활을 하면서 '出必告 反必面'을 절대 잊어서는 안 된다고 하셨다. 그리고 공무원의 기본자세에 대해서도 각별히 말씀해 주셨다.

出必告 反必面. 이 고사성어는 중국 한나라 때의 경서인 오경의 예기(禮記)에 나오는 글이다. 즉, 집을 나갈 때는 부모님께 행선지를 분명히 청하고 떠날 것이며, 돌아와서는

반드시 얼굴을 보이며 잘 다녀왔음을 알리라는 말이다. 모든 예의 기본으로 지금까지 내려오고 있는 아름다운 예의 범절이다. 공무원 시각으로 출장명령부와 출장결과보고서인 셈이다. 여기서 '出必告 反必面'을 '출필고 반필면'으로 읽으면 안된다. '고(告)'는 보고(報告)와 공고(公告), 고시(告示) 등의 '고'자로 흔히 쓰이는 '알린다'고 한다는 뜻이다. 그러나 여기서는 '청한다', '보인다'는 뜻의 '곡(告)'으로 읽어야 한다. 이때의 '곡'은 밖으로 나갈 때는 부모님께 반드시 청하여 허락 받고 나가야 한다는 뜻이다. 따라서 '出必告 反必面'은 '출필곡 반필면'으로 읽어야 한다.

'출필곡 반필면'은 직장에서도 그대로 통용된다. 출근하면 상급자나 동료에게 인사하고, 출장을 가거나 귀청해서도 반드시 상급자에게 알려야 한다. 퇴근할 때도 마찬가지이다. 퇴근시간 됐다고 도둑고양이처럼 살짝 빠져나가 버리는 것은 좋지 않다. 직장에서 언제 무슨 일이 생기고 누가 찾을지 모르기 때문이다. 가정에서 출필곡 반필면 예절에 익숙한 사람은 직장에서 누가 시키지 않더라도 인사 예절을 잘 지킨다. 그래서 가정예절이 곧 직장예절이요 사회 에티켓이 된다.

더 나아가 예절은 개인의 인성을 판단하는 자료이자 사회생활에서 중요한 경쟁력이 된다. 세상살이가 복잡 미묘해지고 직장문화가 혼란스러워지면서 '생긴 대로' 살아서는 제대로 대접받지 못한다. 왕따 당하거나 '싸가지 없다'는 평을 듣기 십상이다. '일 못한다'는 말보다 더 무서운 말이 '싸가지 없다'가 아닌가. 그렇게 되면 인간관계가 삐걱거리게 되고 심하면 인사상의 불이익까지 받을 수 있다. 그런 면에서 예절과 매너는 분명히 경쟁력이다.

인기 있는 TV프로그램 중에 '돌발영상'이라는 게 있다. 무의식적인 말 한마디, 다듬어지지 않은 행동 하나가 어떤 결과를 가져오는지를 재미있게 보여준다. 마찬가지로 직장생활에서도 그런 돌발 상황은 언제든지 일어날 수 있다. 별것 아닌 사소한 차이가 황당한 결과를 낳는다는 사실을 항상 염두 해 두어야 한다. 글로벌시대에 직장에서 일 잘하는 것은 기본이고 성패를 좌우하는 제일의 함수는 인간관계이다. 그중에서도 상급자와의 관계는 더욱 중요하다. 좋든 싫든, 상급자는 직장생활을 결정적으로 좌우한다. 이런 점을 인정해야 직장생활의 길이 보이고 예절과 매너에 대한 인식이 달라진다.

出必告 反必面은 오늘날 가정에서 자녀들뿐만 아니라 직장인에게도 행동의 기본 철학이라 믿는다. 누구나 세상을 살아오면서 뒤돌아 볼 때 "왜 그때 그렇게 하지 못했을까?"라고 반성하는 것은 기본이 부족해서다. 본립도생(本立道生) 이라고 했다. 즉, 근본이 서면 길이 생기는 것이다. 그 근본이 바로 '出必告 反必面'인 것이다.

새전북신문, 2017. 9. 11, 이태현 무주군 부군수

행복의 비결

「뜰 아래 반짝이는 햇살같이 창가에 속삭이는 별빛같이 반짝이는 마음들이 모여 삽니다. 오손도손 속삭이며 살아갑니다. ~ 웃음이 피어나는 꽃동네 새동네 행복이 번져가는 꽃동네 새동네』『꽃동네 새동네』노래 가사처럼 가슴이 탁 트여 향기가 묻어나는 행복한 동네에서 가족들과 즐겁게 살 수 있는 비결은 무엇일까?

그것은 말과 행동의 아름다운 정원을 가꿔 매사에 밝고 적극적인 자세로 날마다 감사하며 사는 것이다. 이 글을 읽는 여러분 중에 이런 말을 하는 분이 계실 거다.”

챗, 말하기는 쉽지만 행동으로 옮기는 게 얼마나 어려운데……”

맞다. 맞는 이야기다.

감정의 변화는 개인마다 다르다.

빠른 속도로, 혹은 더디게 느린 속도로, 혹은 그 어느 과정을 건너뛰는 다양성을 보이니까.

살아가는 동안 좋은 감정이 순조롭게 일어날 수 있겠금, 의식변화의 과정을 재촉하지 않고 사고와 행동을 이해함으로서, 행복한 삶의 방향키를 형성할 수 있다.

먼저, 행복한 삶의 비결을 위해 진정 무엇을 버리고 무엇을 소유할 것인가를 떠올려 보면,

첫째로는 남을 배려할 줄 알고 양보할 수 있는 마음을 가지는 것이다.

서로 가슴을 열어 이해하려 노력하고 관심을 가진다면 마음의 벽은 조금씩 허물어진다. 항상 열려 있는 마음으로 조금씩 나누면 그만큼 세상이 아름다워 기 때문이다.

둘째로는 생활습관을 바꿔 스트레스를 받지 않는 것이다.

제일 좋은 스트레스 해소제는 '웃음'이므로 스트레스거리가 생겼을 때 거울 앞에 서서 억지로 미소를 짓거나 종종 잘 웃길 줄 아는 친구를 찾아가 유머를 들으면서 스트레스를 풀기 바란다.

셋째로는 자연을 벗 삼는 것이다.

아무리 갖고 싶어도 내 것일 수 없는 진정한 배움터인 자연 속에서 지내다보면 마음까지 풍요로워지므로, 주어진 현실에 안주하지 말고 행복을 이루기 위해 자연과 더불어 지내보자."

원하는 것을 갖지 못하면 가지고 있는 것을 원하라"는 프랑스 속담처럼 행복의 파랑새는 언제나 여러분 곁에 있다는 걸 확신하기 바란다.

새전북신문, 2016.10.14, 양봉선 객원 논설위원

살면서 가장 잘한 일

　글쓰기 강의를 하다 수강생들에게 이런 질문을 한 적이
있습니다. "여러분이 살면서 한 일 중에 가장 잘한 일은 무
엇인가요?" 저의 느닷없는 질문에 수강생들은 당황했지만
자신의 삶을 돌아보며 대답해주었습니다. 늦은 나이에 유
학 다녀온 것, 며느리와 엄마로 살아온 것, 일기를 쓴 것,
집을 마련한 것 등 다양한 이야기를 들려주었지요. 그런
데 한 분이 저를 깜짝 놀라게 했습니다. 자신이 살면서 가
장 잘한 일로 "가톨릭 신앙을 갖게 된 것"을 꼽으셨기 때
문입니다. 전혀 예상하지 못한 말이었습니다. 그날 강의는
교우들이 아닌 일반인을 대상으로 하는 강의였으니까요.
　하느님을 만나지 못했다면 자신의 삶은 더 어렵고 힘들
었을 거라고 고백하는 그분을 보는데, 곁에서 빙그레 웃고
계실 하느님의 모습도 그려졌습니다. 그러다 문득 궁금했
습니다. 내가 만약 하느님께 똑같은 질문을 한다면 그분
은 뭐라고 대답하실까요? 세상을 창조하신 일, 성조들에
게 축복을 내리신 일, 성모님의 아들로 태어난 일, 기적을
행하며 많은 이들을 치유하신 일… 그분이 대답하실 만
한 여러 가지 일들이 떠올랐습니다. 그러다 갑자기 눈물
이 터져버렸습니다. 하느님께서 말씀하실 대답이 생각났
거든요.

제가 하느님께 "당신이 하신 일 중에 가장 잘한 일은 무엇인가요?"라고 묻는다면 그분은 이렇게 대답하실 것입니다. "아가타야, 내가 한 일 중에 가장 잘한 일은 너를 사랑하는 거란다"…… 그 대답을 떠올리며 저는 다짐했습니다. 누군가 제게 그런 질문을 한다면 이렇게 대답하겠다고요. "제가 살면서 가장 잘한 일은 하느님의 사랑을 깨달은 것입니다."

카톨릭신문, 2017.04.30., 윤성희(아가타) 손편지 강사·작가

소풍가는 기분으로 출근하라

초등학교 때 소풍가던 날 추억은 지금도 기억이 난다. 소풍 전날은 콩닥콩닥 뛰는 설렘을 안고서 까만 밤을 하얗게 지새우기 일쑤였다. 파란 하늘이 보이는 아침을 기다리다가 살짝 잠이 들기도 했다. 봄 소풍 때는 노란 모자에, 세상에서 제일 예쁜 옷을 입고 소풍을 간 경험도 있다. 소풍가는 날은 무조건 기분이 좋았다. 가슴 벅차고 무지개를 탄듯 한 기분 좋은 날이었다.

요즈음 직장인이나 개인사업자 얼굴을 대하면 어린이들이 소풍가는 날 아침 얼굴을 하고 다니는 사람을 보기가 쉽지 않다. 나라는 온통 시끄러운데 물가는 오르고, 매출은 떨어지고, 취업은 안 되니 그럴 수밖에 없다. 모두들 살기 힘들다고 아우성이다. 그러나 어차피 인생살이는 즐거움과 고난 그리고 역경의 연속이다.

직장에서 하는 일이 힘든 것 보다, 같이 일하는 사람들과의 갈등관계가 더 힘 든 경우도 많다. 이를 의식하며 생활을 해야 하기 때문에 하루일과가 어려운 게 사실이다. 어느 조직이나 단체를 막론하고 내가 좋아하는 사람이 있는 반면 싫은 사람도 있게 마련이다.

세상을 살면서 매일 즐거운 일만 만날 수는 없다. 늘 웃으며 살 수도 없다. 그러나 현재 하는 일의 귀천을 떠나 그 분야에 충실하려면 즐거운 마음으로 열정과 노력을 아끼지 말아야 한다. 이를테면 라면 하나를 끓일 때도 남과 같은 방법이 아니라 나만의 라면 끓이는 육수를 개발해야 한다. 자기가 하고 있는 분야에서 최고가 되려면 시간을 투자하고 모든 능력을 집중시켜야 한다. 더 중요한 것은 하고자 하는 열정이다. 열정은 장인정신의 시초이기 때문이다.

어느 날 자신이 모든 것을 잃고 재활용품을 수집해야 하는 처지에 있다고 가정하자. 어떻게 해야 할 것인가. 가장 먼저 부드럽고 웃는 인상을 가지려고 노력해야 한다. 그 다음에 재활용품이 많이 나오는 곳을 알아야 하고, 만나는 사람마다 반갑게 인사를 해야 한다. 그래야만이 추락한 자신을 건질 수 있는 길이 열린다.

어느 날 기자가 출근길에 만난 고(故)정주영 현대그룹 회장에게 "출근을 어떤 마음으로 하느냐"고 묻자 "나는 날마다 회사를 출근할 때 소풍가는 기분으로 나갑니다. 일하러 가는 것이 아니라 소풍가는 날처럼 즐거운 마음과 희망을 갖고 오늘 할 일을 그려봅니다."라고 말했다고 한다.

기자가 다시 물었다. "그렇다면 회장님, 골치 아픈 일이 잔뜩 생겼을 때에도 소풍가듯이 즐거운 마음을 갖고 출근합니까?" 그러자 "나는 골치 아프고 힘든 일이 쌓여있을 때는 그 일이 해결되었을 때의 기쁨을 생각하면서 회사에 출근합니다." 정 회장다운 멋진 대답이다.

빌 게이츠 마이크로소프트 회장 역시 "나는 세상에서 가장 신나는 직업을 갖고 있다. 매일 일하러 오는 것이 그렇게 즐거울 수가 없다. 거기엔 항상 새로운 도전과 기회와 배울 것들이 기다리고 있다."라고 말했다. 성공하는 사람들은 공통점이 있다. 즐거운 마음과 긍정적인 마인드를 갖고서 화산처럼 솟구치는 열정으로 일을 한다는 점이다.

공무원은 매일 다양한 업무를 처리한다. 건축 인허가를 해주고, 호적 등·초본 발급, 편리하고 신속한 교통정책 수립, 빈곤지역 아동을 위한 아동복지정책 수립, 주택 및 부동산 안정을 위한 정책 수립, 집값을 잡고 부동산 투기를 근절시키는 일, 자치단체에 입주한 기업의 고충해소를 위한 아이디어 발굴 등 수없이 많다.

공직사회를 기업이라고 가정했을 때 CEO라면 당연히 보통사람과는 생각이 달라야 한다. 우선 직원들이 편하게 근무할 수 있도록 하는데 최선을 다해야 한다. 웃으면서 대하고, 가정적으로 어려운 일은 없는지도 알아야 한다. 독특한 마케팅 전략 수립도 사원들과 함께 늘 연구해야 한다.

직장의 최고 책임자는 어떤 시련과 고난이 온다 할지라도 위기를 축복의 기회로 만들 수 있는 능력을 길러야 한다. 평소 그런 훈련이 몸에 배도록 스스로 해두어야 한다. 우선 소풍가는 즐거운 마음으로 직장에 출근할 수 있도록 최고 책임자는 긍정적인 마인드를 갖춰야 한다. 신나게 일할 수 있는 직장 분위기는 위에서부터 아래로 내려오는 것이 자연스럽기 때문이다

새전북신문, 2017.1.26., 이태현 무주 부군수